樹林舎叢書《じゅりんしゃそうしょ》

# 戦場のファンタスティック シンフォニー

## —人道作家・瀬田栄之助の半生—

志水 雅明



人間社

写真で追う
# 瀬田栄之助の記録

旧制富田中学校（現四日市高校）卒業時の栄之助（森本由美子氏蔵）

旧制富田中学校卒業時の弟・瀬田万之助（田中増治郎氏提供）

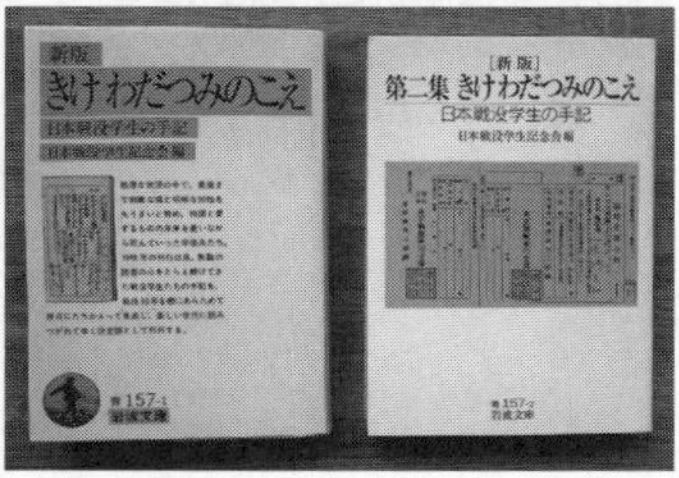


『新版　きけわだつんみのこえ』
『新版　第二集　きけわだつみのこえ』
（日本戦没学生記念会編、岩波文庫、平成 7・15 年）

日本郵船会社時代の栄之助（右）、同僚とともに（森本由美子氏蔵）

千歳町の社宅前にて33歳当時
（昭和24年、森本由美子氏蔵）

近畿文学2等入選作
「祈りの季節」掲載
の「近畿春秋」創刊
号（昭和21年11月）

天理大学講師時代の39歳
頃（昭和30年　森本由美
子氏蔵）

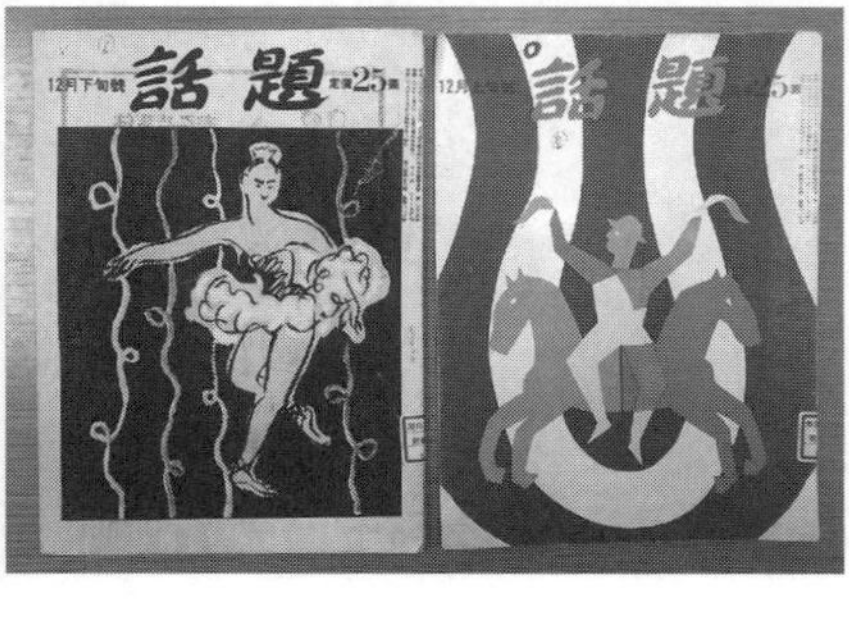


「日本にあった外国人捕虜収容所
＝一通訳の手記＝」（正・続）を
発表した雑誌「話題」第115・
116号（大阪・話題社、昭和28
年11・12月　三重県立図書館蔵）

同人誌『人間像』同人の平木國夫夫妻（両端）と自宅前で（昭和31年　森本由美子氏蔵）

深沢七郎の車で甲州を案内して貰う（昭和32年　右・森本由美子氏蔵　左・三重県立図書館蔵）

瀬田栄之助を文学上の師として慕った宅和義光とその著書『したい放題』（右・久保書店、昭和40年）と『むちゃくちゃ人生』（左・同、昭和41年）（加納俊彦氏蔵）

天理大学教授時代（森本由美子氏蔵）

ときわ台の自宅の病床で執筆中（昭和45年7月5日付「朝日新聞」）

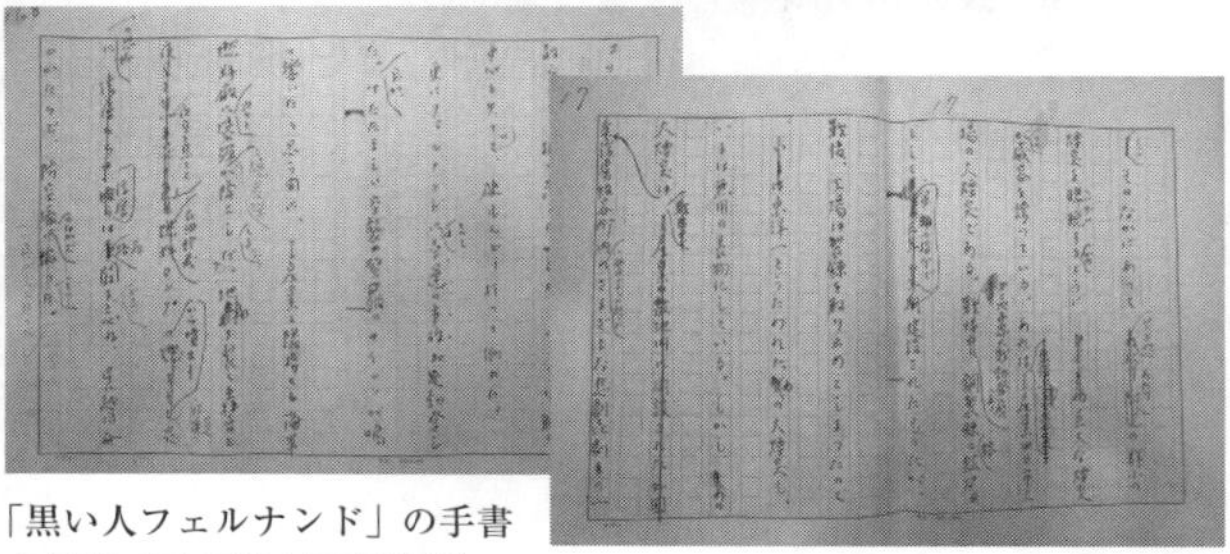

「黒い人フェルナンド」の手書き原稿（三重県立図書館蔵）

唯一の創作集『いのちある日に』（講談社、昭和45年）

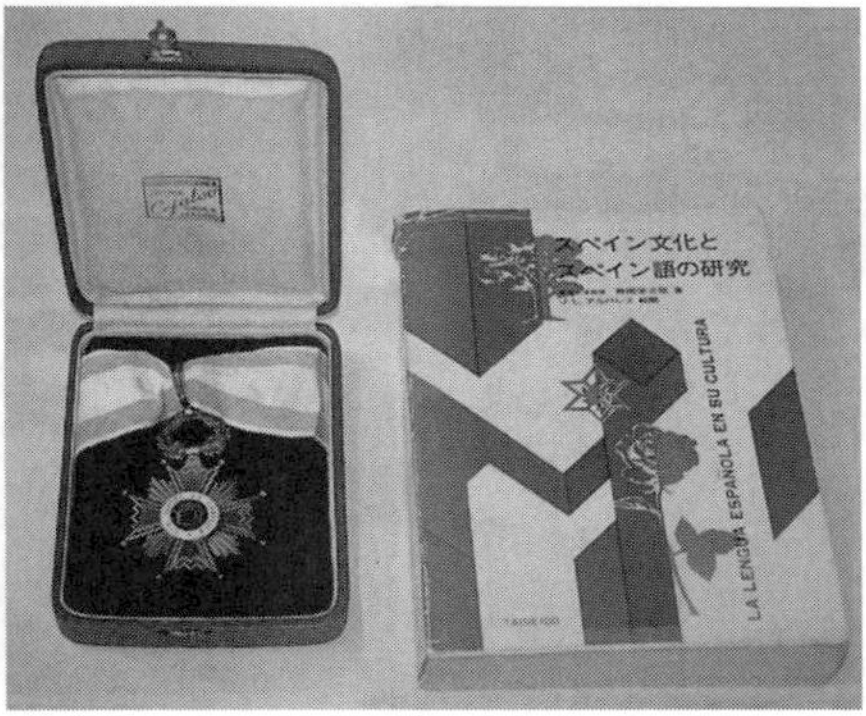


病床で脱稿し、没後に発行された遺作『スペイン文化とスペイン語の研究』（大盛堂書房、昭和46年）とスペイン政府より授与された「イザベル女王勲章」（森本由美氏蔵）

序文

# 天上に咲いた花　――作家瀬田栄之助の想い

瀬田栄之助、という人の名前をはじめて私が意識したのは学生時代に図書館で手にした、確か「図書新聞」であったと思う。そこに、瀬田さんは「天理大学教授、スペイン文学者」の肩書でスペイン文壇における国際的作家ホセ・マリア・ヒロネリアに関する一文を寄稿していた。当時たまたま、大学の授業で彼の文学作品「糸杉は神を信ず」を論じた先生がいたのでその一文に目が留まった。その時の大学での授業も瀬田さんが寄稿された内容もまったく今は覚えていないが、その後、天理大に行っていた友人から筆者は四日市の人だと教えられた。

瀬田さんの唯一の小説集『いのちある日に』が講談社から刊行されたのは丁度そんな頃であった。四日市の本屋でその本を手にして私は、瀬田さんが小説を書かれていたことをはじめて知った。そして、その本を未だ読了しないうちに瀬田さんの訃報を新聞で知り、愕然とした。私は本の「あとがき」を改めて読み直してみた。瀬田さんは死病と闘う中で「一行書いてはすすり泣き、二行書いては男泣きに泣」きながら執筆活動を続け、小説を完成させたのだった。作家魂という言葉があるなら私は、瀬田さんこそ、その作家魂を最期まで貫徹し、美しい花火を天上に打ち上げ咲かせて逝った人であったと思う。

昨年瀬田さんの生誕百年を迎え、やがて没後五十年を迎えようとする今、瀬田さんの地元で活躍する志水雅明さんの手でその再評価ともなる本書が世に送られることは、まことに悦ばしく嬉しいことである。この時宜を得た本書では、従来あまり知られていなかった、瀬田さんがかかわった外国人捕虜収容所のことや実弟・万之助さんとの交遊が紹介されていることも実に有り難い。

瀬田さんはスペイン文学者の顔とは別に、作家として人道、反戦、公害、等の社会問題にも目を向けた。そして、それらの問題に対し瀬田さんは「敢然、抵抗と挑戦の姿勢を示さねば」ならなかった。本著は今瀬田さんのそんな無念の想いを補ってあまりある。以って瞑すべし。

2017年10月24日

衣斐弘行（文芸評論家）

# はじめに

本書は四つの章からなっている。

第一章の「人道作家　瀬田栄之助の半生」は、瀬田栄之助が自分自身を語り、自らの作品を朗読するといった形式の朗読劇。志水が、いわゆる「読むためのシナリオ」を意識して構成したが、実際に上演するに当っては時間の都合などによって大幅に割愛してもよい。

第二章の「偽りの青春」は、瀬田栄之助が書いた小説。昭和21年、地方紙「夕刊三重」に24回に亘って連載されたもの。戦中、戦後の風俗・風習を背景に若い男女の、特に女性の生き方を描いた幻の短編である。「夕刊三重」そのものが現在では既に廃刊されており、今回の収載に当っては、三重県立図書館蔵（森本由美子氏旧蔵）の切り抜きファイルを基に翻刻した。但し、終戦直後の印刷状況のため不鮮明な箇所が多々あるため、その前後から判読したものを翻刻、収載することとした。

第三章の「日本にあった外国人捕虜収容所――通訳の手記――」は、瀬田が須上俊介というペンネームで書いたもの。現在では稀覯雑誌と言われる「話題」（昭和28年11・12月）に正・続と2回連載された「外国人捕虜収容所の実情を伝える貴重な「手記」であり、全文を収載することとした。表記の上では「俘虜」「捕虜」などと混在している場合があるが原文のままとした。

第四章の「瀬田栄之助・万之助の実像を追って」は、今回書き下ろした作品であり、約半世紀前からの記憶に基づいて執筆したため、判然としない点もあるが、そのままとした。

全章を通して、瀬田作品の全編或いは部分を引用或いは収載するに当っては、著作権継承者の森本由美子様のご理解、ご協力を得た上である。

また巻末の「主な人物注」一覧は、いわゆる「主」な人物であり、文中の全ての人物ではない。

志水雅明

# 目次

――凡例――

原則として、瀬田栄之助作品の全編・部分の引用・転載については、旧仮名遣いのままとし、旧漢字体は新漢字体に改めた。また明らかに誤記・誤植と思われるものは正したが、宛字については、作者の意図を尊重してそのままとした。

なお、今日の人権意識に照らして、瀬田作品には不適切な語句や表現があるが、著作者が物故しており、当時の時代背景と作品の文化的価値に鑑み、原文のまま掲載した。

朗読劇「人道作家　瀬田栄之助の半生」（ワンコインシアター）は、平成29年度　第67回四日市市民芸術文化祭行事として上演された

日時：二〇一七年十一月十二日（日）10時　13時30分

会場：四日市市文化会館第3ホール

構成：志水雅明

主催：四日市市　一般社団法人四日市市文化協会

主管：四日市地域ゆかりの「郷土作家」顕彰事業委員会

# 第一章

## 朗読劇「人道作家　瀬田栄之助の半生」

志水雅明

## （語り）瀬田栄之助

私、瀬田栄之助は大正5年3月14日、父卯三郎、母とめの長男として、戦前までは江戸時代から続く有数の花街、現在の北町ですね、そこの一角に生まれました。実は昨年平成28年は私の生誕100年という節目の年に当たり、年末には三重県立図書館で、「四日市・菰野と作家たち」と題した展示会が催され、私にかかわる資料も展示されたと聞いておりますので、ご覧になった方もおられるでしょうね。なお、私が生まれて7年後には弟の万之助が誕生しており、後には学徒出陣して戦死します。

私は昭和8年には富田中学校、現在の四日市高校ですね、そこを卒業。在学中には水泳部に所属して、学校近くの霞ヶ浦や富田浜海水浴場ではよく練習したもので、体力にはそこそこ自信があったのですが……。

なおこの頃、富中出身の先輩に、後の文豪・丹羽文雄[注1]さんや戦後間もなく『肉体の門』で一躍著名作家となる田村泰次郎[注2]さんらがいたことを知り、一種の憧れを抱いていたことは事実です。

自分で言うのもおこがましいですが、富中を首席で卒業後は大阪外国語学校、現在の大阪外国語大学のスペイン語部に入学し、在学中には文芸雑誌の「文藝首都」「若草」などに〝詩〟をしきりに投稿して、いわゆる〝文学青年〟を気取っていました。投稿雑誌「若草」誌上での私の唯一のライバルは、後の女流作家・芝木好子さんでしたね……。当時、ニーチェを乱読しており、それは外語入学後に親しんだスペインの詩人・劇作家のガルシア・ロルカ[注3]などの影響によるものだったと思います。

さて、また口幅ったい言い方ですが、首席で大阪外語を卒業後は日本郵船会社に入社し、北米、中南米7カ国、つまりアメリカとメキシコ、パナマ、コロンビア、エクアドル、ペルー、チリの国々を歴訪して見聞を広めていたのですが、時あたかも日中戦争昂じて太平洋戦争勃発直前に帰国するや否や召集、福井県鯖江の迫撃砲隊へ入隊。ところがその後間もなく、語学力を買われた私は、四日市のI産業地内にあった「外国兵俘虜収容所」に通訳として勤務するようになり、ここで人生観が変わることになります。「俘虜収容所」に半年間勤務した後、一兵士としてマレー半島を転戦し、戦地のそこで終戦、いや敗戦ですね、敗戦を迎えました。

皮肉にも今度は我々日本兵が捕虜収容所生活を送ることになり、そこでは日射病の不安に脅えながらキャンプの監督が振るう鞭に耐えて、死とすれすれの重労働によくも耐えたものでした。しかし間もなく、陸軍中尉として内地に復員し、故郷四日市が廃墟と化しているのを目の当たりにして茫然自失……。何のための戦争だったのか、何のために生きているのか、何のために人は死んでいったのか、などと日夜、頭の中では堂々巡りをするばかりでした。

このような毎日ではそれこそ生きてはいけない、住居や家財道具一切を焼失した老父母など家族を養うためには、何か仕事を探さなければならないと思っているとき、偶然にも、早くも戦災復興を目指すI産業から声が掛かって四日市工場に入社でき、人事課厚生係員として勤務することになったのです。これといった仕事にも就けず、バラック建てに住み、貧しい毎日を送っている人が殆んどであった当時ですから、私はそれこそ恵まれていたと言えます。

このI産業四日市工場に仮設された社宅に一時住みこみ、行く末を考えるのでしたが、少し落ち着くと、私自身の中にも戦災復興意識が芽吹きだし、四日市空襲によって行方不明になった親戚縁者、旧友などの消息を探索すること、可能ならばこれらを材料にして小説化すること、などなどが戦後の荒廃の中を生き抜く私自身の「生きた証し」になればと……。

そして、粗食にも耐え、夜眠る時間を削っては、諏訪駅前広場の闇市で買った薄汚れたノートやわら半紙に書き綴り、推敲に推敲を重ねた原稿の束を、社告で知った伊勢新聞社近畿春秋編集部宛に送ったのです。ほとほと疲れ切っていた私は応募したのもすっかり忘れていた頃、「近畿文学」2等入選の朗報が我が家に飛び込んできたから吃驚《びっくり》です。

送られてきた昭和21年11月1日発行の「近畿春秋」創刊号は、表紙絵が日本画家、中村左洲画の「円を描く鯛三匹」で、私の文学生活の再出発、いやスタートに相応しいと己惚れたものです。ちなみに、181編応募の「第1回近畿文学」1等は該当作なし、2等が松阪の石田さんと私、瀬田の2人で、賞金は500円。私は舞い上がってしまって……道行く人も会社の同僚も祝福してくれていると思ったものです。

当時はコーヒー1杯が10円ほど、公務員の初任給が540円ですから、そりゃ、庶民にとっては大金でしたね……。これで老父母らにも暫くは不自由をさせることはない、自分の読みたい本や専門書が買えるぞと感無量になり、涙が溢れるばかりでした。これが機縁で、当時千歳町にあった夕刊三重新聞社から原稿依頼が飛び込み、「夕刊三重」に連載小説「偽りの青春」を発表することにもなるのでした。これは昭和21年11月10日から12月3日まで24回にわたっての連載で……。

えっ、何ですか？　作品の内容ですか？　そうですね。ひとことで言えば、戦前に遊学したラテン、アメリカ7カ国を背景としたエキゾティックな小説や俘虜収容所で通訳として勤務した際の貴重な実体験に基づいた内幕物のたぐいです……。特に俘虜収容所については、これを機にこの後も手記や小説といった形で度々発表しますので、ちょっと頭の隅にとどめておいて欲しいのですが……。

さて「近畿文学」2等入選作「祈りの季節」は焦土と化した四日市の市街地、つまり私の生家跡や市役所、鵜の森公園などを背景に、古い体制から脱出する若い男女の恋愛から新しい生命が芽吹き出すといった内容の短編で、やや長い目ですが、私にとっては記念碑的な作品であり、ここでは全編を紹介します……。

**（朗読）瀬田栄之助Ａ**

「祈りの季節」

若し人にして幸福ならずんば其は彼の失策である。

何となれば神は凡ての人間を幸福たるべくつくった。

……エピクテタス……

見当のつかぬ作業だけに、徹二はひどく疲れた。……鋤を持つ手が痺れるやうに痛む。焼跡から姉、和代の死体を掘り出さうといふのだ。焼棒杭と焼瓦の間隙から立ち登る煙に咽びながら、徹二の作業は正午近く迄続けられた。

六月の太陽は、流石に暑かつた。彼は昨夜、空襲と同時に避難した儘のチヾミシヤツと半ズボンの恰好なのだが、それでも、ねつとりとした脂汗が体にまとはりつき、堪らない程の渇きを覚えた。今迄、だゞつ広い屋敷に住んでゐた積りでも、いざ焼跡となつて見ると、我が屋敷も案外、手狭に感ぜられるものだなあとそんな錯覚を頭の中で是正しながら、湯殿のタイル煉瓦の上に腰をかけ、一息入れてゐると無花果の樹の傍らで今迄眠つてゐた雅子が「うゝん」と奇妙な唸り声を出して眼をあいた。雅子は有賀家の長女で、次女の和代と共に徹二にとつては姉にあたる。雅子は、十年前或るサラリーマンと不幸な結婚をしたが、一女、ルリ子を出産すると同時に突然、発狂した。そして、その後、間もなく雅子に続いて発狂した長男の正明と共にY市の精神病院に入院してゐたのだが、以前は可成り盛大に料理屋業を営んでゐた有賀家も、戦争の余波を受けて次第に不振を極め、二人の莫大もない入院費の捻出に当惑した結果、父の伊三郎は、三月程前から、比較的病勢の軽い雅子だけを自宅に引取り、一階の一室に置いてゐたのだつた。

「……どうしたんだい？　姉さん……」

徹二は、雅子に言葉をかけた。

「……む……ウ……ミ……ズ。……」

最近、雅子の精神分裂症は異常に、昂進し言語障害すら起してゐた。しかし、徹二には、やつと、彼女が「水」を欲してゐるのだと判断がついた。しかし、付近の井戸といふ井戸は破壊つくされてゐる。だが、苦しんでゐる姉の為に一滴でもいゝ、水を探してやらねばならぬと彼は思つた。彼は、少し邪慳な仕打だと思つたが、彼女をしごきで無花果の樹に縛りつけた。彼は水を捜しに行く間に雅子が脱走するかも知れぬと思つたからである。

彼は、水を求めて数町離れた川原に向つて歩いた。昨夜以来、何一つ食べてゐない体故、今更のやうに空腹が身に堪へた。途中、罹災した顔見知りの町内の人達の幾人かに出会つた。極度の疲労感と予知しなかつた急激な衝撃の痛手の生々しさに、お互いに口をきく元気さへ失つてゐた。黙つて、目礼して別れた。

……それにしても、昨夜、避難した儘、雑沓の中で見失つた父の伊三郎、母のしま、妹の美枝、それに姪のルリ子の四人の消息が徹二には、むしように気にかゝつてならなかつた。昨夜の阿鼻叫喚の中にあつて、徹二は最後まで、自宅に踏み留まり、みんなを避難させてやつた。途中で不慮の事故のない限り、みんなは無事であるべきはずだと一応自分にさういひ聞かせるものゝ、次々と不吉な連想許り浮んで来て、彼は自分で自分の心の遣り場に困つた。

敢然猛火に挑む

拾つた罐詰の空罐に水を入れ、徹二は焼跡にもどつた。しかし其処には雅子の姿はなかつた。失敗した！　徹二は、思はず、さう叫んだ。無花果の樹の傍らには解かれたしごきが落ちてゐる。……雅子は脱走したに違ひない……困つた姉だ……さう思ふと彼は、何故かやり切れなく泣きたい気持になつた。

「……姉さあん……姉さあん！」

彼は、未だ余燼で煙つてゐる廃墟の街をあてもなく姉を求めて彷徨した。……彼は、昨夜猛火の中を雅子を救ふ為に、二階に駈け上つた時、彼の心に瞬間閃めいた暗い影がある。

……姉は発狂してゐる。……此の発狂した姉の為に、有賀家は、精神的に物質的に少からぬ被害を蒙つてゐる。……例へば精神病院の永年にわたるおびたゞしい出費は、加速度的に有賀家の倒産の時期を早めつゝあつた。……妹の美枝に幾度となく持ち上つた縁談もその都度雅子と正明の病気に基因して破れた。雅子と正明の存在は有賀家に精神病の家系といふ宿命的な烙印を捺した。さうだ。……雅子を救ひ出せず此儘、よし焼死させても、誰一人として非難する者はあるまい……今の現場を知つてゐるのは、自分だけだ。……自分は、極く自然の中に姉を死なせ、有賀家の負担を軽くすることが出来る。……さう思つたものゝ彼はやつぱり鬼になれなかつた。彼は、敢然と猛火に挑み、雅子を救ひ出した。

「あゝやつぱり姉を死なせなくて良かった。……」

彼は、呆然と魔に憑かれたやうな恰好でゐる雅子をかき抱いて唯、訳もなく泣けて来てしやうがなかつた。

夜は、直ぐ来た。

雅子を捜しあぐんで、彼が、焼跡近くに来ると薄闇の中に、跪《ひざまず》く二つの影があつた。

近付くと、

「徹二さん！」と、先方から言葉があつた。

彼は、その声に聞き覚えがあつた。……きつと、雨宮節子に違ひない……徹二は容易にさう察せられた。節子は、徹二の従兄雨宮重兵衛の一人娘で、徹二にとつては、所謂またいとこにあたる。昨夜の空襲の範囲から推して市街の中心にある雨宮家も罹災してゐることは間違ひなかつた。ワン・ピースに下駄を突つかけた儘の節子の傍らには、雅子が何ものかに脅えたやうな恰好で小さくなつてゐた。

「やあ、節子さん！　ほっとしましたよ。またどうして、僕の姉を……」

徹二は急き込んで訊いた。

「私も家族の者と別れ別れになつてしまつて……さて、何処をどう訪ねてい、やら全くのあてもなし、ぶらぶら国民学校の前まで、来ましたの、さうしたら向ふから雅子お姉様が、わあわあ喚きながら駈ていらつしやるぢやございません。……吃驚しましたわ。お姉様は普通の体ぢやなかつたと、私は、ふつとさう気付いたので私はその儘行きずれには出来ませんでしたの……。……」

「すみません。……全くいろいろ御心配をおかけして……。」

徹二は、頭を下げた。多分節子から貰つたのであらう配給パンを齧りながら、急に降り初めた夜気に打ち震えてゐる姉の姿が、彼には哀れに思へ、節子に手伝つて貰ひ、彼は姉の為に焼トタンの急造の囲いを作つてやつた。……姉は、その中に入ると間もなく無心に眠り始めた。

二人は崩れた石垣の上に並んで腰をおろした。降るやうに瞬く星の光が痛い程、眼にしみる……。

「……お星様は、このやうな下界の地獄を御覧になつてきつと泣いていらつしやるに違ひないわ。……ほら、あんなに瞬いていらつしやる。」

「……或は、そうかも知れませんね。……いや、きつと貴女のおつしやる通りです。……」

徹二は、気のぬけたやうな返事の仕方をした。現在の彼は、節子のやうなロマンチストには到底成り切れなかつた。——サイパン島失陥以来、日本の敗戦の死相は、急激にその濃度を増した。それに日々加はる空襲の激化は、国民をして益々、厭戦気分をたかめさせ今年昭和二十年の六月に入つてから、「決戦生産体制要綱」が定められ、「国民義勇兵役法」が成立したが国民の志気は、政府の期待とは反対に漸次、低下の度を示してゐつた。本土決戦といふ無謀なスローガンが叫ばれ、よし、戦況がそんな風に最悪の事態に立ち至つても、国民の中にだれ一人として決戦を挑むだけの気力を持ち合せてゐる者があらうとは信じられなかつた。誰も彼もが、座して死を待つといふ東洋的無常観に満ち満ちてゐ、最早、国民の総ては無抵抗者の群に成り下がつてゐるといつても誇張ではなかつた。……最近の徹二の考へてゐることは最早、敗戦の峠の見えた日本の運命だけではなかつた。もつと身近なところでも、家産の総てを焼失してしまつた有賀家の今後の行末に対してもぼんやりとした不安を感じつゝあつた。……否、ほんたうをいへば徹二が今、心の奥底で最も真剣に考へてゐる問題は、節子のことであるかも知れない。……

……徹二は節子を愛してゐる。節子もまた徹二を愛してゐる。自意識の過剰とでもいふか、お互の自尊心から今まで、どちらからも意思表示をし合つたことはなかつたが、それでも二人は二人だけの琴線に触れる何ものかは持ち合せてゐた。……

……だが、彼は、今そのことに触れることを極端に恐れた。また触れるべき時期でもないと自重した。近い将来に来るであらう日本の敗戦……さうした中で二人の愛情の世界が展かれやうとは、今の彼には想像もつかぬことであつた……。

## 村人の豹変

罹災以後有賀一家は、N村の源安寺に疎開した。伊三郎、しま、雅子、徹二、美枝、ルリ子の六人家族に与へられた離れ屋の六畳二間は外の戦災者と比較して恵まれてゐるといへばいへるもの丶、雅子があ丶いつた体故、彼女のために一室を解放しなければならぬ。罹災以前は四十幾間もあつた広い家に住み馴れ、御寮はんとして全く文字通りの贅沢三昧に暮して来た母のしまにとつて、こ丶に来ての生活は何かと不自由で手狭に感じられるらしく一切を焼失した家財道具に対する未練と共に、そのことは、しまのふだん愚痴の大半を占めてゐた。有賀家はこれまで、源安寺の檀家の筆頭を占めてゐた。父の伊三郎は、若いころから殊の外、信心家であつたので伊三郎は月々の寺への上り物は、実際、有賀家の身分不相応に力を入れるのが常であつた。それ故N村の人達は、有賀家を実質以上に評価し、莫大もない金持のやうに思ひ込んでゐた。……それが、着のみ着のまゝで疎開して来て一ケ月たち二ケ月たつた今日このごろ有賀家の生活の不如意さが漸く彼等に分かつて来ると、彼等の態度は豹変し今までとは打つて変つて一種の侮蔑の眼を投げかけるやうになつてゐた。それは、戦災死した和代に対しても有賀家らしくない凡そ貧弱な葬儀しかやれなかつたことも村人達のそんな気持に拍車をかけた。……

八月十五日――終戦の日が来た。――終戦と同時に、日本の経済界は全く混乱状態に陥り予期以上の極端なインフレーシヨンが席巻した。N村における有賀家の生活費は、膨張し、徹二と美枝の貯金通帳すらはたいても到底追ひつけさうになかつた。有賀家の財政は正に危殆《きたい》に瀕し希望のない暗澹たる生活裡に、昭和二十一年の新春を迎へた。

立春に入つて間もなくの或る日、徹二は役所の帰途、駅前で偶然、節子に逢つた。あれから半年振りの出会である。……

徹二は、改めて節子に礼をいつた。二人の話題は、疎開先のことインフレーシヨンのこと、食糧のこと、それから戦災死した和代のこと、……等それからそれへと尽きなかつた。……それから二人は、どちらから誘ふともなし、U神社の方向に向かつて歩いてゐた。……境内の森閑とした薄暗い杉の木立に入ると、街を歩いてゐた時のやうに、二人の話は弾まなかつた。それはお互い同志で可笑しい程であるといへた。……こんな筈ではなかつた……と彼は焦れば焦る程、反対に何もいへなかつた。徹二はむつとする草いきれの中にあつて節子の体温と体臭とを身近に感じた。……冬には珍しく梢の隙間から夕焼空が燃えてゐた。それから二人の間に、永いこと沈黙が続いた。

「……節子さん！……」

突然、徹二の切羽詰つたやうな声を彼女は、耳元で聞いた。節子は徹二に対して今はもう何んの脅威も不安も持ち合せなかつた。……彼女は満ち足りた顔で、空を仰いだ。……その中に、次第に視界がぼやけて行く自分を節子は意識した。……何処かで、アヲハヅクの鳴く声が聞えた。……

## 躊躇は無用だ

……初夏の候に入つた。――

昼食の時間を役所裏の一坪菜園で、茄子苗の手入れをしてゐる徹二を給仕が呼びに来た。……

「……またどうせ死亡届だらう。此頃は栄養失調死が多いからな。……それとも出産届かな？　……如何なる星の下に生れけん……こんな食糧難の折柄といふのに……」

徹二は、大学を出て三年、市役所の戸籍係を勤めてゐた。……徹二が、そんなひとりごとをいひながら席に戻ると、机の上に一通の封書が置かれてあつた。彼には、その字面から直ぐ、節子だと分つた。

……お逢ひしてお話し申し上げようと思ひましたが、私には、やつぱり勇気が　ございませんでした。

……昨夜、思ひ余つて、此のお手紙をしたゝめました。どうか御披見下さい。

……小形の封筒の表の徹二の名前の横には、それだけのことが書かれてあつた。達筆だが、一字一句が乱れてゐる。……徹二が此処に来るまでの咄嗟の間に書かれたものであらう。……節子の焦燥振りが彼には、よく分かるやうな気がした。彼は封を切つた。……

妊娠——この文字に目が触た時、真実、小心な彼の五体は事の意外にわなわなと打ち震えた。……U神社のあの日の出来事は、彼にとつて決して遊戯的なものではなかつた。しかし、節子の肉体の責任をこゝまで計算に入れてのことではなかつた。徹二は、節子を愛してゐない訳ではない。……それどころか、徹二は、今までに節子以外の女を結婚の対象として考へたことはなかつた。……だが、節子の肉体に対する責任が、今、このやうにはつきりと決定づけられて見ると、流石に彼は戸惑はずにゐられぬのだ。……長男の正明は、廃疾の身故、若し、父の伊三郎亡き後は、有賀家の民法上の責任は、当然次男である徹二が負はねばならぬ。伊三郎は最早、今年、古稀を過ぎた。この上の寿命は知れてゐる。……三男の豊吉は、船員だが、過去の放蕩が祟つて、数年前から有賀家からは絶縁同様の立場にある。……四男の省平は、昭和十八年の春学徒兵として出征したまゝ消息を絶ち、未だ、未復員のかたちである。……それに、雅子が突然の発狂で離縁になつた時、母のしまが可愛さの余り、手放さなかつた姪のルリ子がゐる。……妹の美枝は目白の女子大を卒業してゐるのだが、気位許り高くて就職の意思等、毛頭、持ち合せてゐない。……こんなのろはれた状態にある有賀家に、よし、徹二が、節子を娶つたにしても、その結果の不幸さは彼には、想像に余りあるのだ。……彼は、遂に、腹を定めた。……

「……有賀家を脱出しない限り、節子との幸福は永遠に望まれぬ。……自分は今、僅か許りの貯金も費ひ果した。結婚後の生活費の余裕は、最早、一銭すら持ち合してはゐない。……役所で貰ふ俸給は高が知れたものだ。そんな薄給の身で、この物価高の世界を到底、乗り切れるものとは考へられぬ。……生活の裏打ちのない祝福せられざる結婚……だが、かうなつた以上躊躇は無用だ……脱出を決行するだけしかない。……しかし、その前に、忘れてはならないことは、先づ節子の生活に対するロマンチックなふだんの考へ方を粉砕しなければならない。……現実の生活は正にその日その日闘争なりとの観念を節子に植え込むこと、……これが差しあたつての先決問題だ。或は、この事は、自分が有賀家を脱出する以上に、至難の業かも知れないが……。」

豊吉帰る

……盂蘭盆の夜、三男の豊吉が、ふらりと疎開先に舞ひ戻つて来た。

「……噂に街の戦災のことは聞いてゐたが、まさか……」と思つてゐたと話す豊吉の横顔を眺めながら

（相変わらず、暢気な奴だ。有賀家のみんなの苦労も知らずに……）と徹二は、ちよつと腹立たしく思へてならなかつたが、幾年振りかで再会する弟の豊吉に対してゐると、やつぱり懐しさが先に立ち今更、愚痴つぽいことは、何も言へない徹二であつた。伊三郎は、以前のやうに意見がましいこともいはず

「和代姉さんが死んだのも、お前、知らんぢやつたらう？　……」

と、仏壇の前へ、豊吉の手を持つて座らせるのであつた。

「……親不孝者が、急に親孝行をしだすと、親は何んといふことなし寂しくなるつて、ほんとうかい？　おつ母さん……。」

さういつて、みんなを笑はせ、今年三十一歳になりながらも、しまの膝枕をしに行く。まるで子供のやうな無邪気さは、しまの口癖にいふ「憎めない豊吉」の姿であつた。ルリ子は雅子も別室から連れ出して来、伊三郎、しま、徹二、豊吉、美枝の六人で、久し振りに晩餐の食卓を囲んだ。その後、豊吉は「姉さんの頭のエンヂンの狂つたのだけは、流石の崎川丸二等機関士の僕でさへ治せさうにないや」とそんな冗談をいひながら、雅子の頭を滑稽に揉んだりした。……雅子は、意味分からずに違ひないのだが、唯ニヤニヤ笑つてゐる。……それから、ひとくさり、豊吉の外地引揚民の話が続いた。豊吉の話は、新聞の報道とはまるで反対に、彼等の船上における朗かな失敗談で終始した。夜更けてルリ子の提唱で一つ蚊帳で雑魚寝することにした。真夜中になると雅子は発作的に暴れ出し、毎夜、手に負へぬ乱暴をしてみんなを困らせるのが常であつたが、

「……お母ちやんも、今夜だけはみんなをいぢめないと思ふわ。……だから叔父様の横に寝かせてね……。あたいのお母ちやんは豊吉叔父様のお姉さんでせう？……ねえ、いゝわね？」

ルリ子がさうせがむので、雅子も共に入れることにした。愉しい一夜だつた。夜明け近く、何かの物音に徹二がふと眼をさますと、しまが仏壇の前に座つてゐた。

「……お母さん……未だ、起きるのは早いですよ。……一体、何を祈つてゐるんです？」

徹二が言葉をかけると、

「これで、フイリツピンにゐる省平が帰還してくれて、雅子と正明の病気が治つてくれたらなあ……おつ母さんは……例へ、命を縮めて下されても差支へ御座いません……さう今も阿弥陀様に祈つたのぢや

が、おつ母さんの御願ひは少し強すぎるか知らんなあ。……」

しまは振返り、さう寂しさうにいつた。何時の間にあのやうに増えたものであらうか……しまの髪は半白になつてゐる。……罹災以後は一段とそれが目立つて来たやうだ。……徹二は、しまの後姿を眺めてゐると今度の豊吉の帰宅を機に、切り出さうと考へてゐた節子との結婚のことも、つい、いひそびれてしまつた。……

## 喀血・戦死

豊吉の帰宅は、伊三郎を元気づかせた。伊三郎は有賀家の唯一の不動産ともいふべき、焼跡の百五十坪許りの地所を担保に新円を借りだし製粉機を購入した。機械技術のことならいくらかでも相談に乗れると期待してゐた豊吉が、一向、気乗り薄なので、自然、伊三郎は徹二に相談を持ちかけるのだつたが、大学の文科出身の彼は、情けない位此の方面の知識はなく、機械や部分品の購入にあたつて、(父は商人に喰われてゐる)と意識しながらも、役所勤めの多忙さと機械知識の貧困さ故に、徹二は、まこと、歯がゆい思ひをさせられた。……豊吉が伊三郎に積極的に援助の出来ぬ原因が、豊吉の健康状態にあつたことを徹二が知つたのは立秋もすぎ、そろそろ秋の気配が感ぜられる頃になつてからであつた。村の鎮守の祭日の朝。豊吉はふらりと出かけた儘、夕方近くになつても戻らないので、しまがルリ子に捜しにやると彼女は、間もなく泣きながら帰つて来た。

「叔父様が……叔父様が……」

たゞならぬ叫び声に、その日、下痢をして欠勤してゐた徹二が、ルリ子のいふ現場に出向いて見ると、豊吉は、崖下に血を吐いて倒れてゐた。その血の薄さと泡のあることから徹二は、喀血だと直感した。徹二は豊吉を背負つた。

「……兄さん、すまんなあ」

豊吉は肩の上で何時になくしんみりと繰返していつた。……歩きながら、あの場所は、村人達のよく通行するところなのに今まで豊吉が放置されてゐた事実を考へると、此の一事で、罹災以後打つて変つた村人達の有賀家に対する態度の冷淡さを徹二はまざまざと見せつけられたやうな気がし、ぢいんと熱いものが彼の胸に迫つてきた。……と同時に、豊吉の顔色の悪いのを、永年の船底暮しのせいであると簡単に片付けてゐた自分の迂闊さが情けなく、

「……今までどうして医者に診てもらはなかつたんだ。馬鹿だな……馬鹿だな……お前は……」

徹二はさういひながら終には、泣いてゐた。……

有賀家の不幸は、それだけにとどまらなかつた。その日、フイリツピンにおける省平の戦死の公報が届けられた。しまは、公報を手にしたまゝ、地面にぢかに座り込んで動かず手放しのまゝ、まるで駄々ツ児のやうに何時までも泣きやまなかつた。……と、伊三郎は、放心したやうに竹藪に凭れてゐる。徹二が呼びに行くと、伊三郎の頬には藪蚊がたかつてゐた。……このシヨツクに伊三郎は、かゆさの神経すら失つたものか、それを払はうともせず、ふぬけたやうな顔をして突つ立つてゐた。……

……あれ以来、徹二は度々、節子と逢つてゐた。逢ふ度に、節子の体は目立つて変化があつた。徹二の焦燥は次第に倍加し、彼は、もうこれ以上精神的にたへて行く自信はなかつた。……最近になつて、しまが節子の父、重兵衛に、ひどく憎悪の気持を抱いてゐることを徹二は知つてゐた。……それは、戦災直後、しまの言葉をかりていへば、（……お互に親戚の間柄であり、家財道具を十二分に疎開してゐた雨宮家へ、恥をしのんで浴衣一枚貰ひに行つたあたしに、けんもほろゝの挨拶で追ひ返した）ことに基因してゐるやうであつた。……また、節子は、はつきりとはいはなかつたが、血統の悪い有賀家との縁組など以ての外……といふのが重兵衛の態度であることを徹二は、節子の言葉の端から薄々察してゐた。……

徹二は、お互に両親の承諾を得るなどといふことは最早、絶望に近いと信じるやうになつた。

……節子と約束したその夜は十五夜を間近にひかへて、月が美しかつた。彼は風呂敷包一つの身軽さで家を出た。……

駅に来ると、最前まで、臥床してゐたはずの豊吉にばつたりと出会つた。突嗟、何かいはうとする徹二の口を押し止めるかのやうにして、豊吉から言葉をかけて来た。……

「……兄さん！　……どうか、もう一度だけ僕を見逃してください。本日、海員組合はいよいよ総罷業を開始しました。……僕はこれ以上じつとしてゐられなくなりました。……僕はもう永くない生命だと思つて居ります。……それ故、死花を咲かすといへば、少し大袈裟な表現かも知れませんが……全海員労働者の為に拋ちたいのです。……僕はやつぱり、有賀家には無用の存在でした。……どうかお父つあん……おつ母さんのこと宜敷く御願ひします。……」

電車が来た。徹二はもう言葉を返す暇もなかつた。親不孝者で自認してゐた豊吉も、本心ではやつぱり、両親のことを気にかけてゐるかと思ふと、「お父つあん……おつ母さんのこと宜敷く……」と頼まれながら、頼まれ甲斐もなく今、両親を捨て、有賀家を脱出する自分の立場を徹二は心から辛いなあ……と思つた。……両親を捨てる……とは云ふものゝ、豊吉の場合は、その前途に生命を賭けた一つの主義がある。……だが自分の行動は、……節子への愛欲以外の何物もないではないかと考へると、徹二は、またしても、身の縮む思ひがし、情けなかつた。何時か何かの本で読んだ孔子の「孝は天の経であり、地の義であり、民の行である」といふ言葉が思ひ出され、徹二は自分の背信行為に対して後めたさで一杯であつた。……

## 古いものと新しいもの

無花果の樹の近くの徹二の友人のバラックの一隅……其処が、彼と節子の新居であつた。友人は、昼間だけそのバラックで営業し、夜間は疎開先に帰つて行く。……いはゞ二人は体のいゝ留守番に過ぎなかつた。地所は担保に入つてゐるとはいへ有賀家のものなのだが、地上権を既にとられてゐる。此の家は表向、雑貨屋なのだが、昼間はブローカーの溜場になつてゐた。時々、友人は徹二にブローカーをすゝめることがある。兄、正明の入院費のこと、有賀家の家計の苦しさのこと、そしてまた、自分の家の家計の苦しさのことを考へると、徹二は、時にその誘惑に負けさうになることがあつた。最近の新聞は官吏の給与の大幅の改正を報道してゐる。……農相は、主食の増配も言明した。徹二はそれに期待を持つてゐる。……苦しい生活も今暫くの辛抱だと徹二は歯をくいしばつてゐる。例へ、貧しくともつゝましく強く正しく、生きて行けば、その中に明るい光ある日々が、きつと訪れるに違ひない。……否、必ず訪れなければならぬ。……フランスの嘗てのクラルテ（光）運動がさうであつたやうに、やがて日本にもその、炬火《きよか》が打ち建てられる日も間近かであらう。……その時、あゝ、その時こそは、今迄の有賀家の陰惨なその日その日も、一場の悲劇、喜劇として懐しい想ひ出となることもあらう。……徹二は、さう硬く信じて疑わぬ。——今宵は中秋の名月——二人は、焼跡に出た。一年前、二人が腰をかけた石垣はその儘になつてゐた。……二人は、あの時と同じやうに、並んで腰を下した。月は真昼のやうに明るかつた。……

「……あの時から一年……私達の周囲の変化は、余りにも大きかつた。……貴方はさうお思ひになりません？」

節子がいつた。

「……いや僕達だけじやないさ。日本の変化も大きい。……古いものは滅び新しいものだけが、どんどん成長して行く。……此の一年の変化は、過去の日本の何十年にもあたるだらうさ。……かうして僕達がぼんやりしてゐる間でも、日本は刻々と変化しつゝあるのがよく分かるやうだ。……しかも偉大なる速度で……。」

感に堪へぬといつた徹二の言葉の調子であつた。そして、ひとしきり、二人は鈴虫の声に聞き惚れてゐた。永い沈黙が続いた。……二人はそれから別々のことを考へてゐた。

節子は、今朝、徹二の出勤中、突然訪れた重兵衛の言葉を改めて胸の中で反芻してゐた。

「……お父さんは……お前が幸せになれたら、それで満足なのだよ」

節子は、父の此の言葉を徹二に取次いだら、彼はどんなに喜んでくれるだらうかと思ふと、彼女はひとり微笑まれて来てならなかつた。

徹二は無花果の樹を見上げながら此の見事な結実を持つて一度N村を訪ね省平の位牌に供へたいものだと考へた。月が、流れ雲に隠れた。――あたりが急に暗くなつた。それを機に、徹二は、節子を促して立ち上つた。――

バラックへもどる途すがら、戸籍係といふ職掌故、死んだ和代、省平を自分の手で有賀家の戸籍簿から抹殺しなければならなかつたあの悲しい想ひ出や、やがて十一月になれば、節子の出産届をまた、自分で作成し、晴れて有賀家に入籍する時期もあらうかと考へると、徹二は、此の一年間の目まぐるしい生活の流転に苦笑ひを禁じ得ないのであつた。

## （語り）瀬田栄之助

自画自賛と言われるかも知れませんが、四日市空襲によって焦土と化した四日市の街並みの様子を描いた作家は私、瀬田一人であったと思います。ちなみに丹羽文雄さんは東京住まいで、昭和17年の8月には海軍報道班員としてラバウルに行ったり、昭和19年12月には栃木県に疎開したりしており、田村泰次郎さん、伊藤桂一[注4]さんは共に、中国大陸を転戦しており、東京美術学校在学中の近藤啓太郎[注5]さんは持病のため召集を免れて東京に逼塞していて、終戦後には千葉の鴨川に移転していたりとかで、誰も四日市の戦災状況を直視していないんだから、唯一、私瀬田の「祈りの季節」だけですね、戦災直後の四日市の模様を描いたのは……。だから、自画自賛になるわけです。

ともかく、この「祈りの季節」や後の「娼婦ＡＢＣ」などの短編小説で空襲直後の様子を描いた作家は私一人だったわけで、後で考えれば、われながら貴重な証言記録だったと思わずにはおれません。貴重と言えば、その後も戦後の風俗、特に娼婦街を舞台にした男女間の模様を描いた「娼婦三代」「海の誘惑」などの作品群は、後に「娼婦物」で有名になる吉行淳之介よりも先行していると自負したものでしたが、掲載した雑誌の「近畿春秋」や「ベーゼ」「話題」などはいずれも今は稀覯雑誌であり、単行本化もされなかったがゆえに、風俗作家瀬田栄之助の名は未だに殆んどの四日市市民にも知られていない訳で、非常に残念で……。もし平成時代の今、誰かがこれらを単行本化してくれるなら……いや、これには時間と予算が要るので、やっぱり無理かも……。

そして昭和22年、31歳で寿美子と結婚し、翌年には長女の由美子に恵まれます。貧しいながらもようやく小さな幸せをつかんだと思いつつ執筆に励み、昭和24年4月、四国新聞主催の「四国春秋賞」に短編「醜聞」を応募して見事に「四国春秋賞」受賞となり、近年にない二重の喜びを噛み締めたものです。

その半年後の昭和24年10月に入って突然、書籍小包が手作りの郵便受けに投函されたのです。東京大学出版会からのそれを開けると『きけわだつみのこえ 日本戦没学生の手記』と題した単行本が現われたではありませんか。早速、50音順に並んだ目次をみると「瀬田万之助　手紙」の文字が目に飛び込んできたのです。

そのページを読むと確かに、私が四日市に復員後、父母から見せて貰った、万ちゃんからの手紙でした。この手紙が戦地から内地へ届けられた直後に戦病死と言う最期を遂げるため、正しく万ちゃんの遺書ともなった訳ですが、私の記憶からすれば、何故か不思議にも、重要な一部分がカットされているではありませんか。この後も出版社を変えたりして何度も何度も増刷出版されるほどのベストセラーとなりますが、全く同様に、カットされたままの状態でした。

ところが、ところがですよ、皆さん。戦後50年を機に改めて原点に立ち返って見直し、決定版として再編集されたという、岩波文庫の『新版　きけ　わだつみのこえ　日本戦没学生の手記』では手紙の全文が初めて紹介されることになります、漸くですよ……。

ここでは先取りして、弟万之助の、戦地で死に逝く本当の気持ちを、心底からの叫びを、いわゆるラストワードから察してやってほしいのです……。

（朗読）瀬田栄之助B

「父母への手紙」

この手紙、明日内地へ飛行機で連絡する同僚に託します。無事お手許に届くことと念じつつ筆を執ります。

目下戦線は膠着状態にありますが、何時大きな変化があるかも知れません。それだけに何か不気味なものが漂っています。生死の境を彷徨していると、学生の頃から無神論者であった自分が今更のように悔まれます。死後、どうなるか？　といった不安よりも現在、心の頼《よ》りどころのない淋しさといったものでしょうね。その点、信仰厚かった御両親様の気持が分かるような気がします。

何か宗教の本をお送り願えれば幸甚です。何派のものでもいいのです。何派のものでも期するところは同じだと思います。たとえ一時的でもいい、心の平衡が求められればいいのです。

この土地の言葉はタガログ語です。この点、外語で支那語を専攻した自分にはちょっと取りつきにくいですが、いくらか土人の言葉にも馴れました。言葉が分ると自然と人情が湧いて来るものです。皮膚の色が変っても人情上は変りありません。母上がいつかおっしゃられたように無益の殺生は部下にも堅く禁じております。

マニラ湾の夕焼けは見事なものです。こうしてぼんやりと黄昏時の海を眺めていますと、どうして我々は憎しみ合い、矛を交えなくてはならないかと、そぞろ懐疑的な気持になります。避けられぬ宿命であったにせよ、もっとほかに打開の道はなかったものかとくれぐれも考えさせられます。あたら青春をわれわれは何故、このような惨めな思いをして暮さなければならないのでしょうか。若い有為の人々が次々と戦死していくことは堪らないことです。

中村屋の羊羹《ようかん》が食べたいと今ふっと思い出しました。

またお便りします。このお便りが無事に着けばいいのですが……

兄上、姉上、そして和歌子ちゃんにくれぐれもよろしく。

早々不一

昭和二十年三月五日

瀬田万之助

父上・母上　様

**（語り）瀬田栄之助**

そうなんです。私の記憶からしても、「この土地の言葉はタガログ語です」から「母上がいつかおっしゃられたように無益の殺生は部下にも堅く禁じております」までの一段落部分が昭和24年当初から、カットされたままだったのです。それが戦後50年経った平成7年を機に完全復刻とはなんと、人権意識というか人権感覚が鈍感な、世界に遅れを取った我が国なのかと思わずにはいられないじゃありません？　ねえ、皆さん、そう思いませんか……。

ともかくも、万ちゃんの恐らくは、初めて活字化され公表された文章の原文であるこの手紙を何度も何度も泣きながら読んだお袋は、求められるままに東京までそれを送っていたようです。このお袋の、最愛の万之助を呼び求める姿は私の脳裡に深く刻まれ、後の作品にも登場しますがね……。

さて娘の由美子が3歳になったとき、つまり私が35歳のとき、妻の寿美子が結核と診断され、結核療養のため志摩大王崎の実家へ単身で転地することになり、以降長い、実に長い別居生活が始まります……。

幼子を抱えた私は、罹災後は商売を廃業した老父母を養い、妻の転地療養生活費を稼ぐため、それこそ必死でした。絶望の淵に追い込まれてもなお、作家としての夢は捨てきれず、読む時間が欲しい、書く時間が欲しいと常々祈っていると、その思いが通じるものです。本当ですよ。約2年半後の昭和28年7月、天理大学から声が掛かりスペイン語学科の講師を頼まれたのです。

講師の身分では薄給ですが、頑張れば助教授、教授の道が開ける。給料は安定し、家族を養える、妻の療養費も今以上には出せる。などと私は大学の教壇に立つことに自信と誇りを持って自らを慰め、鼓舞するのでした。

そこで早速、記憶の鮮明なうちにと「手記」を執筆、発表することにしたのです。戦後も足掛け8年になろうとするのにいまだに、毎日の新聞、ラジオなどのニュースを見ても聞いても「内地に於ける外国兵俘虜収容所」について言及されたものが、私の知る限り、出版されていないのはなぜだろうか……。戦時中の一時期ですが、「四日市俘虜収容所」に通訳として勤務した経験を持っている私自身が書かずに誰が書くのかといった、一種の義憤が筆を執らせたのです。勿論それが、万ちゃんの手紙に書かれたラストワードに触発されたことも事実ですがね……。

その原稿は「日本にあった外国人捕虜収容所」という見出しで大阪・話題社から発行の雑誌「話題」昭和28年11月号に、また続編として12月発行の同誌に「内地に於ける俘虜収容所の実態」と題して、共に筆名須上俊介の「一通訳の手記」とサブタイトルを付けて発表したものの、当時の雑誌の紙質は悪く、また活字も小さくて読みづらく、その後もあまり評判にはならなく極めて残念であったというしかありません。この手記が今評価されなくても、戦後30年、いや50年後にでも評価されればいいと思うのでしたが……。

私が訴えたかったのは、私が通訳時代に取った捕虜たちへの対応や、やらせたことは間違ってはいなかったということです。髪の色や皮膚の色が違う外国人兵士とはいえ、彼らの人権も守られるべきであったのです。自分自身が従軍中に惨いリンチやしごきを見聞したことはあったものの、戦地では決して残虐行為はしたことはなかった。これは母とめの「無益な殺生は絶対にあかん」という教えもあったからこそだと今更ながら思うのです。

ああ、アメリカ兵３００人、オランダ兵２００人、イギリス兵１００人の合計６００人の俘虜たちは、それぞれ母国に帰って今頃は、幸せに暮らしているであろうか……。

時間の都合上ここでは、「日本にあった外国人捕虜収容所」前編・後編よりそれぞれその一部を聞いてください。四日市ではこれが真実だったのです……。

**（朗読）瀬田栄之助C**

「日本にあった外国人俘虜収容所」より

虐待はしていなかつた

私にとって、俘虜収容所の憶い出はそれからそれへと尽きない。工場に於ける俘虜労働について音楽会・クリスマス等の様々な行事について、敗戦直後の俘虜の状況について……それらについては次回に譲る。

日本に於ける俘虜収容所の実態は戦争裁判の際、残虐陰惨そのもののような印象を植え付けられたが、実際は仲々、朗らかで愉快な生活もあつたと云ふことを、ここに改めて強調して置きたいと思う。俘虜は銃を捨てたシビリアンである。我々はそのことを先ず何よりもよく、胸に畳み込んでいたし、また、現に軍の上層部からも、「俘虜を敵対視する日本人からの危険を避けるために彼等を保護するよう」にとの指令も受けていた。毎日、一つ釜の飯を食い、幾日も起居を共にしていると、彼等に対して自ら情味も湧いて来て、我々はよくこんなことを語り合つたものである。

「あの中にはサンフランシスコの床屋もいる。ニューヨークの靴屋もいる。ボストンの八百屋もいる。ニューオリンズの雑貨屋もいる。ロンドンの小学校の先生もいる。我々と同様、いつたん除隊となればみんな善良な小市民たち許りだ。眼の色と顔の色と髪の色とが少々違っているだけで同じ人間同志じゃないか？

こうして毎日顔を合せているとどうして、我々は不幸な戦争をしなければならないのかと、そぞろ懐疑的になつて来る。……とにかく戦争だけはもうごめんだね。どんなのつぴきならぬ理由があつたにしても……」

## 俘虜《P・O・W》管弦楽団

……俘虜は働かせる許りが能じやない。よく働かせるためには何か慰安を与えなければならぬ。——最初この事を提唱したのは、すこし口幅つたい云い方だが、私に外ならない。

俘虜が機械の騒音とI産業は肥料工場だけに燐鉱石の砂埃りのなかで汗水たらして、一日中働いて来ても、その帰り先が殺風景な収容所ではほんとうに可哀そうだと私は前々から痛感していたからであつた。

俘虜と云う彼等の特種な立場を考慮に入れても、この慰安の件は捨て置けぬと思つた。厳格を以て鳴るS軍曹も賛成してくれたので、私は早速、勤労課長のK氏にこの件を申入れたが途端、K氏の表情は激しく変つた。

「君は何んたることを云い出すんだ。いいかい、この非常時下、我々日本人でさえ、慰安娯楽と云つたものは極度に犠牲にしている現状であることは君もよく承知の上ではないか？……まして、俘虜に……敵国人である彼等に慰安とは何んたることだ！」

私は頭ごなしに一喝喰つた。——

「そうおつしやれば、私は一と言も反駁の余地はありませんが……」

そう答えたものの私は何か割切れぬものを心に残した。私は噂に彼等が男色や自慰行為やその他、不健全行為に耽つていたことを聞いていたので、そんな彼等の精力を発散させるためには、是非共、適当な慰安が必要だと私は思い詰めていたからである。希望のない暗澹たるその日暮しの彼等の精神衛生のためにもこのことは焦眉《しょうび》の急だと思つた。また、現に神経衰弱に陥つている俘虜も少くなかつたのである。

私はその頃あつた青年学校の校長のA氏に頼んでもう廃棄処分に附しても良いようなボロボロの楽器を内密で借り受けた。

青年学校は勤労課長の管掌下にあつた。人の良いA老校長は楽器を渡す際、こう私に囁いて云つたものである。

「K氏が反対しているのにも拘らず、私が賛成し、青年学校の楽器を君に渡したとあつては、後からどんなお叱りをうけるかも知れん。例え破れた楽器とは云え一応工場の備品台帳に載つている品物なんだからね。だから君が無断で持ち出したことにするか、……しかしそう云うことにしたつて、結局は私の備品管理の不行届をK氏に責められそうだね」と。

老校長は豪快に笑つた。

「……無断持出イコール泥棒つてことになるけれど、君の場合はいいよ。工場の敷地内に於て、楽器を青年学校から収容所に移動させるだけの話だからね。私物化するんでないからいいさ。勤労課長が産報倉庫からいろんな物資を持ち出すそうだが、それに比べればずうつと君の罪は軽いよ」

老校長は私の云いたいところをズバリと云つてのけた。

楽器はサキシホーン・トランペット・ドラム……等々、廃品ながら一と通り揃つていた。

私はそれらの楽器の修繕の一切を彼等に委せた。彼等は驚くほど短時日にそれらを仕上げた。やがて「P・O・W管弦楽団」が編成された。バイオリンは手製のものが附加された。そして最初の演奏会が本式に挙行された。

曲目は――
一、ベルリオーズの幻想交響曲
一、シューベルトの野薔薇
一、ヘンデルの大協奏曲
であつたと記憶する。そして、彼等は、私たちのアンコールに応えて「ショパンの葬送行進曲ソナタ」を演奏した。……

この事が契機となつて、運動用具が今度は工場から支給された。彼等はよく遊び、よく働いた。そして、急に快活さと生気を取り戻した。工場の能率は目に見えて増進した。

しかし、彼等のＳＥＸの解決方法だけは最後までどうしようもなかつた。

## 俘虜の墓地について

戦犯調査が一段落ついた頃、私は収容所で他界した俘虜のために墓地の建設を思い立つた。この件には私がふだんから兄事している厚生係のＹ君が絶大なる支援をしてくれ、Ｙ君は設計を建築家のＯ君に頼んでくれた。

墓地は一カ月かかつて完成した。墓碑銘の草文は私が起草し、その翻訳は大阪外語出身のＫ君がしてくれた。そして、更に私が後から、それを補筆した。せつかくこんな立派な墓地の完成を見たのだから、当時、まだ日本にいた元俘虜たちや進駐軍の将校を招待し、慰霊祭を挙行してはどうかとの声が起きて来た。

そして、私がその準備の一切を委せられたので、カトリック教徒である私は当然の方法として、カトリック教会のＲ神父に相談した。

Ｒ神父の意見として、この場合は、進駐軍の意見を尊重すべきだとのことだつたので、私は直ぐその足で、名古屋に従軍僧を訪れた。従軍僧はプロテスタントだつたが、式の次第、方法はすべてこの人の指図に従つて施行されることになつた。

当日、米軍関係者二十五名、その外工場の主任、課長以外に四日市市長や、財界政界の知名の士を混えると実に招待者は百名近くになつた。接待係には可祝連の芸者が来てくれた。そして、進行係は私が果した。

式後、講堂で盛大なスキヤキとダンスパーテーが行われて、この慰霊祭の幕を閉じた。

このために工場が支出した金は厖大な額に上つた。最近、私はこの墓地を訪れた。悲しいことに荒廃に委せている。その時、私は写真撮影を忘れて来たので後から工場の某君に依頼したが、「忙しいから……」と云う理由の下に断られて来た。私は某君を怨む気になれない。某君の心の奥底には、「今時、アメ公の墓地の写真なんか可笑しくて撮つていられるかい……」と云つた意識があるからなんだろう。私にはよく判るのである。総てが時勢のせいであろう。

しかし、私には何かふつと侘しい気持にとりつかれたことだけは確かだつた。

## 戦犯釈放の朗報!!

この稿執筆中の今日――十一月八日、ふと私は朝日新聞で次のビッグ・ニュースを発見して、眼を見張つた。

ワシントン三日発＝ＡＰ　土田豊法務省中央更生保護審査会委員長は現在服役中の日本人の戦犯全部の釈放を要請するため目下欧米歴訪の途にあるが、三日ワシントンＡＰ記者に対し「米国は今後日本占領当時米国側の手で収容された日本の戦犯を特赦する措置を急速にとるよう努力するであらうと思う」と言明して……

晴天の霹靂だつた。私は思はず、わあッ！　と快哉の叫びを挙げた。そして、文字通り欣喜雀躍した。敗戦後、私の肩にのしかかつていた重圧が一辺に飛散したような気軽な気分になつた。非常に微力だつたが、戦犯釈放に努力して来た甲斐があつたと手放しのまま泣けて泣けて仕様がなかつた。男が泣く時はこんな場合であらうかと私は思つた。神は在る天主の聖寵《せいちよう》を信じていて良かつたとも思ひ返した。私の最後の願いは唯一つ……戦犯釈放の時期がせめて正月までに……と云ふことだけである。今後こそ、私はぐつすり眠れそうだ。九年ぶりに……。

もう二度と我々は戦争のあやまちを繰り返したくない！　もう二度と我々は俘虜収容所を作つて欲しくない！　もう二度と我々の同胞の中から、今次大戦の最大の犠牲者であつた戦犯を出したくない！

**（語り）瀬田栄之助**

この「日本にあった外国人捕虜収容所」は須上俊介という筆名で発表したのですが、何故か須上の名が私、瀬田に乗り移ったかのような錯覚にとらわれ、以降も度々、須上俊介が作品の主人公として登場しますのでご承知おきください。

ところで、皆さんはアメリカ人のドナルド・キーン[注6]という日本文学研究家をご存知ですか？　時代は下って、平成20年に外国人の学術研究家としては初めて文化勲章を受章し、その後には日本国籍を取得して日本に永住をするキーンさんですが、そのキーンさんが日米開戦後に米海軍日本語学校に入学し、日本語の訓練を積んだのち情報仕官として海軍に勤務、太平洋戦争で日本語の通訳官を務めたのですね。そしてハワイの「日本人捕虜収容所」で、日本人捕虜たちの慰安のためにキーンさんは、ここからが大事なんですよ、つまり、蓄音機とレコードを持ち込み「レコード鑑賞会」をやってのけたっていうのですね。曲目はベートーヴェンの「交響曲第3番　英雄」で、みんなが全身全霊を以って「エロイカ・シンフォニー」に聴き入ったと回想していますね。素晴らしいではありませんか。このことは、キーンさんがコロンビア大学大学院生の頃に発表したエッセー「エロイカ・シンフォニー」に書かれています。

これは戦争を、憎しみを、人種を越えた国境なき世界の素晴らしさを述べているのですが、キーンさんはレコード鑑賞会、私の方は上手いか下手かは別で生演奏です。

世界の空に広がる四日市の空に響いた、あの「幻想交響曲」や「野薔薇」の旋律が今でもリフレインしているのですよ、私の体には……。あの感動が、あの感激が私のこれから歩む道を決定させ、人権問題に直面するたびに楽器を演奏する捕虜たちの顔やあの旋律が甦ってきます……。

それから、つい最近の平成29年5月末の新聞で紹介された「捕虜のいた町」という記事を読まれましたか？　えっ、読んでない？　それじゃ、簡単に紹介しますが、それによれば、実は昭和18年12月に愛知県鳴海町の有松にも「俘虜収容所」が開設されており、主に米兵捕虜が、ピーク時には約４００人が収容されていたとのことです。人数的には四日市が約６００人で、鳴海の方が少ないですが、敗戦の年の昭和20年9月に閉鎖されます。彼らは日本の敗戦と同時に解放されるまでの間、名鉄電車で名古屋市熱田区の軍需工場に通って車両製造作業に従事させられていたのです。しかもこの彼らの様子を有松駅で見かけた、後の直木賞作家城山三郎[注7]さんが、戦時中の有松を回想する形で描いているのです。「捕虜の居た駅」という短編ですがね。発表は昭和36年夏季号の「小説中央公論」にです。

しかもですよ、このことは殆んどの人が知らず、ましてや有松に「俘虜収容所」があったことも同様に知られていなかったのです。それを憂えた学校教師が短編「捕虜の居た駅」の存在を探索し、「鳴海俘虜収容所」の存在を確認して「捕虜のいた町」という戯曲を書き上げ、更にはこれらを一本化して出版したという記事です。校務のかたわら何年もかけて「俘虜収容所」を探索し、戯曲に仕立て上げるその情熱には感心します。

しかしですよ、城山さんといい、その学校教師の馬場さんといい、収容所の実態は直接は知らないのです。城山さんは捕虜たちの姿を駅頭で見掛けたぐらいです。馬場さんは明らかに戦後生まれで、すべてを戦争体験者から聞いたり関係書を読んだりして間接体験するのです。

一方の私、瀬田栄之助は自身が「俘虜収容所」に勤務し、ベルリオーズやシューベルトの生演奏に立ち会い、戦後には自身が「慰霊碑」建立、除幕式などに携わるのです。そういえば、「慰霊碑」には、私が起草した「人がその仲間達のために命を捨てるほど崇高な愛はない。平和と自由のために第二次世界大戦で戦い、かつ死んだ人々に捧ぐ」という言葉が英語で刻まれたのでしたが、ご覧になった方はおられますか？……

さて、どこまで話してきたのでしたかな……、ついつい、捕虜たちや「俘虜収容所」のことになると余りにも熱が入ってしまったもんですから……。

そうそう、天理大学の講師に採用されたところでしたね……。

幼い娘を残して単身赴任も出来ず、当然、四日市駅から上六駅までは特急でもゆうに2時間は近鉄電車に乗っての往復です。しかし考えてみれば、この電車通勤の往復の時間はある意味では、貴重な時間帯で、いわゆる「天国」であり「動く書斎」とでも言うべきで、家庭の雑事一切から絶縁されて、往きには授業の予習時間に、復りには小説執筆の時間にと充てられ、生涯、と言っても52歳で癌宣告されるまでの約15年間を繰り返すことになるわけです。

この間の昭和29年からは北海道の同人雑誌「人間像」の同人に、更に翌年の昭和30年には丹羽文雄先生に勧められて同人誌「文学者」61号に小説「虚しい天」を発表したり、昭和32年には「日本社会新聞」に書評「深沢七郎[注8]　人と作品――民衆のための作家」を発表したりと、結構、執筆活動も軌道に乗ってきだしたんです。

丁度その折、つまり「深沢七郎　人と作品」を発表したのが縁で深沢さんと親しくなり、その年の7月末頃には深沢さんを東京に訪ね、深沢さんの故郷甲州を車で案内して貰えることになったのは、今思えば、何かの縁だったんでしょうね。勿論、3泊4日も深沢さんに同行して文学談義に耽り、深沢さんの文学に共感すればするほど……そりゃ、深沢さんと言えば昭和31年11月に『楢山節考』を中央公論新人賞に、しかも第1回ですよ、それに応募して見事に当選し一躍著名になった作家です。伝説を基盤に据えた特異な作風は大変な反響を呼んで、これ以降も『東北の神武たち』『笛吹川』などと矢継ぎ早に、話題作を発表していく深沢さん……。

とにかく『楢山節考』の一編だけでも文壇にその名を残したと言ってもいいほどの深沢文学の影響を私、瀬田栄之助が少なからず受けたことは私の晩年の諸作品にもそれとなく窺えると言う人もいますね。

講師生活5年後の昭和33年には大学助教授に昇格し、同時に大阪外国語大学、と言えば私の母校ですが、そこの講師を兼務したりして経済的にはややゆとりのあった伊勢路の、その頃は前田町の市営住宅に移っていましたが、そこの我が家に昭和35年末頃、「風流夢譚」事件で逃避行中の深沢さんがひょっこりと……そう、現れたではありませんか。それも、私が夜遅く帰ると物陰からですよ、しかもあの、愛用のギターを抱えてね……。

何ですか？「風流夢譚」事件って何のことかって？

「風流夢譚」事件とは、一言でいえば、昭和35年12月号の「中央公論」に掲載された深沢さんの『風流夢譚』に対して右翼団体が皇室侮辱として抗議し、殺傷事件にまで発展した事件のことで、これ以降深沢さん自身は世間から身を隠して逃亡生活に入るわけで、非常にセンセーショナルな事件のことです。

訳を聞いて、深沢さんの身の安全のため暫く、狭っ苦しい拙宅に匿ったのですよ。こんなことは殆んどの人は知りませんがね。

そうそう、その前年、つまり昭和34年には埴谷雄高[注9]主宰の「近代文学」の同人にもなり、早速、「近代文学」昭和34年7、8月号の2回に亘って発表した小説が「犠牲者たち」で、6年前の「日本にあった外国人捕虜収容所」が些か大阪の文学仲間から好評だったことから、この体験を基に一気に小説化し、中央の同人誌にと発表したわけです。この頃は四日市でも戦災復興が順調に進み、わが国でも名だたるコンビナート産業が繁栄して〝光〟を齎《もたら》していた時代です。しかしその反面、大気汚染や水質汚染等の公害が蔓延しだし塩浜地区や近隣地区の人々が喘息や臭い魚介類に苦しむという〝影〟の部分が社会問題化してきており、本当の社会悪の根源はどこにあるのかと自問自答せざるを得なかったのです。

これ等〝光〟と〝影〟を対比して描くには当時の風俗、風習をも巧みに描出する必要があり、私は毎週末には度々市街地や繁華街に足を運んだものです。勿論、小回りが効く自転車に乗ってね。そこで出会った名もなき多くの市民の将来を、未来をと願わずにはおれなかったのです。「時代」は名もなき市民こそが、民衆こそがつくるものと、深沢さんではありませんが、つくづくそう思ったものですから……。

それで私はカメラや8ミリ撮影機を片手に市街地をほっつき歩きながら街角や道行く人たちの姿や公害患者の群れを、更にはそれらの来歴を探ろうとシャッターを押しまくったのです。その帰りには日頃世話になっている古本屋に立ち寄っては古文書や古資料を探り、なければ店の親父さんに探索を頼んだりして、来るべきその時にひかえようとしたのですよ。

そして書いて書いて、書きまくった結果、つまり「生きている証し」として書いた作者の意図はいかに読者に伝わったかですが、まずは昭和34年7、8月号の「近代文学」に発表した「犠牲者たち」の部分を聞いてください。

ここでは初めに、「犠牲者」の意味を、1936年のスペイン革命の当初、極左主義者と目され、ファシストの兵士たちの手にかかって虐殺されたグラナダ生まれの、近代派の詩人であり劇作家であったフェデリーコ・ガルシア・ロルカを例にして読者の皆さんと共に考え、「四日市俘虜収容所」からアメリカに帰国した元黒人兵士のフェルナンドが久し振りに、戦災復興を遂げている新生四日市を訪問するところを描いているのですが、とにかく聞いてください、「犠牲者たち」の部分です。

**(朗読)瀬田栄之助B**

「犠牲者たち」より

六百五名もいる俘虜たちのなかには、乱暴な奴、威勢のいい奴、横着な奴は数え切れぬ程だったし、そうでなくても、長年の、囚人と変らぬ幽閉生活が原因して、ウェズレー軍医の診断に従えば、全部が全部、多かれ少かれ「拘禁性精神病」の徴候を保有し、「俘虜収容所」の看板を「俘虜精神病院」と塗り変えた方がふさわしい位で、明日にも「流血の惨事を呼ぶ可能性の大いにある暴徒《モップ》」と折紙をつけられた彼等を相手にしていて、一度のビンタも喰わせたことのない須上は、おふくろの説教が余っ程身にしみていたとは云え、時に自分自身でさえも不思議に思うことがなきにしもあらずだった。俘虜将校たちは、そんな須上の小っぽけな美徳を過大に評価してか、俘虜同志の間に紛争《トラブル》が生じて査問会が開かれる際には、いつも彼を陪審員の一人に指名して来るようになった。そして、彼は査問会に出席し、意見を述べたり弁護したりした事件《ケース》の大半はフェルナンドが絡まっていた。戦争が終結し、フェルナンドは故郷のアラバマへ帰って行ったが、その後、彼は須上に宛てて、頻繁に便りを寄越した。文面は、黒人なるが故に甘受しなければならぬ苦しみや悩みにふれていることが多かった。須上は或る時、こんなふうな返事を書き送った――。

……父が黒人、母がメキシコ人だからと云って、引目を感じることは絶対に何もないよ。現在、君は立派にアメリカ国籍を持つアメリカ人なんだもの……。それなのにどうして黒ん坊《ニガー》だの、メキシコ野郎なんて呼ぶのかな? 君も君たちを侮蔑する奴等をこのアメリカ野郎《グリンゴ》と云い返してやりゃいいのに……。『ポギーとベス』の舞台でのように白人を圧倒してやる勇気が君に望ましいな。

ところで、二十世紀現代、とりわけ大戦後の今日を、僕は《混乱の時代》だと観測している。《悪》が《悪》として、《善》が《善》として通じぬ、歎わしい世相だという意味だ。絶対権力者がその基準を転倒させてしまったからなんだ――。

唯、皮膚が黒いというだけで、君たちを不当に圧迫している白人たちを一歩でも《善》に近づけるために、総てこの世の人間は神の御前では平等であるという《精神の法則》を彼等に再認識させる必要があると思うな。よくよく考えて見れば、狂熱的な排斥主義者だってそのことに気付いている筈だ。相も変らぬ、神の意志に逆行した世界の雲行きのために、彼等も彼等の体内のエネルギーを間違った方向に注入しているのではないかしら? 彼等の一時的な心の陰りだよ……きっと……。だから、彼等もいつの日にかは悔い改める時があるという希望を捨てないでくれ給え……。

「キリストの苦痛われらに多ければ、キリストによるわれらの慰藉も亦多し」の聖パウロの一節を君に送る……。

しかし、俘虜収容所での、白人兵の、フェルナンドに対する執拗な差別の数々を如実にいくたびとなく目撃している須上は、そんな万能な聖書の文句も彼の苦悩にぴったりと密着していないことから……人間の尊厳を立証するにはおよそ舌足らずであることから……ロイ従軍司祭の弥撒《ミサ》の時の説教で、「この狂える二十世紀現代にあっても〈カナアンの土地〉に希望をかけよ」と流行遅れの言葉を叫んで、俘虜たちのもの笑いとなったと同様に、いかにも空々しく無価値な言葉であるかを知らぬでもなかった。

フェルナンドは今日、午後五時四十九分の下り急行電車で到着する――一週間前、須上が東京から受取った彼の手紙には、「二年間すごしたP・O・W（俘虜収容所）がある貴地を十三年ぶりに訪問することになるので絶大なる期待で胸を脹らましている」と書いてあった。彼は、この五月、故郷のアラバマを捨てて日本に渡航して以来、ジャズシンガーとして各地の駐留軍キャンプや東京のナイトクラブを転々としていた。…………

須上はフェルナンドを駅前のビヤホールに案内することにした。真の夜になり切るためにはまだ少し間があったけれど、酷使されたブレーキを軋ませて駅前のロータリーを廻って来るバスやタクシーはヘッドライトを皓々と照らし、薄暗い絹地程の暗さに覆われた街なかを互に鋭角的に光を揺曳し合って忙しく疾走していた。このあたりは圧倒的なスピードで変貌を遂げていた。つい最近、近畿日本鉄道の四日市駅がここに移転して来るまでは、戦時中、絶間なき空からの焼夷弾で家を焼かれ、猛烈な火勢、吹き募る風に追いまくられ、傷ついた身をどうにかここまでは運んできたが、遂に精魂尽き果て野垂れ死した多くの人たちの無縁仏のための、臨時の墓地として使用されていたうら淋しい草っ原で、小雨のそぼ降る夜など、僧侶から引導も渡されずに、このまま未知の土くれに同化されてゆくことに不満を持った〈戦争犠牲者たち〉の、チラチラと燃える人魂がよく見受けられたものだった。ところが、戦後、巨大なマンモスの如き勢力で浸透して来た大都会の資本は、この平和な地方都市の地図を乱暴な直線で抹殺し、元来、引っ込み思案で変化を好まぬ市民を煽って、玉璽《ぎょくじ》ほどに大切に保存して来た古き良き伝統を無理強いに放棄させ、ここに東京か大阪の賑やかな一区かと見違う、人口十七万の〈無性格都市〉を建設したのであった。

真夏の暑熱と光線を反射さす乾燥し切ったコンクリート建のビル……眼を眩ます拱廊《アーケード》の七色のネオン……朝から夜中まで巡邏するパトロールカーのサイレン……東部の工業地帯からの煤煙……街頭マイクが放送する喧噪なジャズ……重量トラックのエンジンやタイヤの轟き……そのためにすっかり刺戟に対して、慢性神経症気味となった市民はこの附近の地下に眠れる〈戦争犠牲者たち〉に哀悼の意を表したり、慈しみの溜息を洩らしたりすることも忘れてしまったようである。

須上とフェルナンドが歩を運んでいる、屋上にビヤホールを持つ三階建のビルのある界隈《かいわい》にしても、数年前まで無縁仏の卒塔婆が林立していた場所なのだが、今では、芬々《ふんぷん》と安香水の匂を撒き散らしながら、舗道の紙屑に追われる如く、同じ場所を同じ間隔で行きつ戻りつして、ビヤホールから降りて来る酔客の腕にしなだれかかり、わざとらしい媚態を見せる常連の七人の売春婦たちとなると、同じ黄色い肌をしていても彼女たちはもう異国人――今やビル裏の十坪足らずの狭い空地の一箇所に集められて目白押しの卒塔婆と卒塔婆の間で平気で接吻もするし、時にはそれ以上の淫猥《いんわい》な行為もやってのけるのだ。丈なすススキが群生していた草っ原から、売春婦たちの稼ぎ場への大いなる異変――〈時代〉なんて正にこういうものかも知れぬ。この、湿っぽい青色の恐怖から華やかな桃色の終点への推移は世の中が平和に復した証拠とみるべきなのだろうか――。

須上はここに来るたびに持つ、いつもの感傷を払い除けて、フェルナンドと屋上のビヤホールへのエレベーターに乗った。…………

**（語り）瀬田栄之助**

実はこの「犠牲者たち」は短編とはいえ、結構長いんです。もし関心がおありならば、私の唯一の単行本である『いのちある日に』に収録されているので、是非ご一読ください。確か、市立図書館には一冊が入っているはずです。一冊だけ……だから、順番です、順番に並んで借りて読んでもらうしかないんです。

……それで、どこまで語ってきましたか？　えっ、……。そう、そうでしたね。昭和34、5年頃まで来たんでしたね。

実は大学助教授に昇格した頃から俄然、私の身辺は忙しくなって、特に市街地をほっつき歩くようになってからはいわゆる悪友との交流が増え、たとえば清水信[注10]、浅井栄泉[注11]、宅和義光[注12]といった連中で、みんながみんな一風変わった作家魂と言うか文学者魂を持った輩《やから》なんですね。中でも清水君とこへはよく、自転車を漕いで行っては、辛辣な批評をする彼とよく喧嘩をした。流転生活の果に「塀の中」で文学に目覚めたのち四日市に流れ着いた義光君はその頃マイカーを乗り回していたのでよく、乗せて貰っては浅井家や、繁華街の飲み屋へ行ったものです。義光君は私の唯一の文学上の弟子と言うか、昭和39年8月に創刊された同人誌「伊勢湾文学」に載った義光君の「彷徨」を褒めて以来、将来を期待したのでしたが……。かといって私は遊び回っていた訳じゃなし、学生には講義は勿論、演劇の指導もしたり、夜遅くまで8ミリフィルムの現像や編集に凝っていたりでね……。

そうこうして、昭和40年には49歳で天理大学教授にと昇任し、「文藝年鑑」には「教授・イスパニア学会理事」、と紹介されてようやっと一息つけたわけですが、この頃から私の運命は緩やかに、いや、やや急激にかな、変化していくよう設えられていたようです。つまり、教授となった年の1月には、長年心臓病を患っていた母とめが老衰により逝去。お袋の死がまた、私に筆を執らしめたのは言うまでもありません。やっぱり弟の万之助とお袋の死は私には非常に重く……昭和41年3月号の「人間像」に次の「別れ霜」や「雨の中の死者」の2編を一気に発表したのです。

## （朗読）瀬田栄之助C

「別れ霜」より

俊介は、今次大戦に学徒兵としてフィリピンに出征し、ルソン島で戦死する直前、戦争憎悪の遺書をめんめんと書き残していった弟の万之助の思い出に松明の火を燃やした。彼の遺書は他の多くの反戦学徒兵の手記とともに一本にまとめられ、ベストセラーズとなった。ごく最近では本多顕彰《あきら》氏の推薦で高校二年の『現代国語』に収録されていた。

「万おじさんはどんなひとだった？」

由紀子は小頸をかしげて訊いた。

「そりゃ純粋そのもののような男だったな。東京外語のシナ語科の学生だったころは蒸溜水という渾名《あだな》をつけられていたぐらいだからね。パパはいつも思うのだけれど、万ちゃんのような純粋な男は、戦後の汚濁の世界ではとても生息不可能だったろうなァ……生まれたときから弟はきれいな死にかたをするように運命づけられていたんだ……」

「おばあちゃんはお布団のなかで、万おじさんの写真を大事そうに抱いていたわね」

とめは臥床すると、茶の間に掲げられてあった万之助の遺影をはずさせて、床のなかにいれ、片時も躰から離そうとはしなかった。

とめに死の徴候がまだ現われぬ前、戦争の残虐行為への憎しみの意識はいちだんと尖鋭化していて、見舞客の誰彼をつかまえては、身の毛もよ立つようなか細い声でとめはこう訴えるのが常であった。

「……なァ、こんな罪咎《つみとが》もない可愛い子が何で殺されんならんのですやろ……万之助はそれはそれは気立のやさしい子でした。あれは小学校のときでしたかなァ、野の虫にも親や子もあるのやから、先生に叱られてもええ、宿題の昆虫採集はでけんちゅうてとうとうやらんじまいじゃった。出征の前の晩なんか、わたしの布団にはいってきて、今生の思い出に母さんのお乳を吸わしてくれというて、このしなびたお乳を吸いよるんじゃがな、とてもとても万之助は鉄砲持って人殺しのできる子じゃなかったで……」

俊介はそのころから、とめに気づかれないようにそっととめの声を丹念にテープレコーダーに録音していた。

「……万之助や、万之助！　いまにわたしもおまえのところへまいらせてもらうからね……もうちょっと待っといておくれ……」

とめは譫言《うわごと》の状態で昼夜をわかたず、同じ文句を繰返したものだった――。

重ったい痰で咽喉をつまらせながら、蒼黒く浮腫《むく》んだ顔をゆがめながら最愛の息子と別世界での団欒を望むのあまり、一刻も早い生命の終焉を自ら祈るようなとめの叫喚は哀れでならなかった。

そして、とめが柩車のきしみの音を聞くようになり、カワラケツメイやドクダミの繁茂する、いつもじめじめとしめったあの薄暗い靄に包まれた墳塋《おくつき》を意識し出すころになると、

「息子をかえせ！　……息子をかえせ!!……」

の、とめの絶叫は、前にも増して、鋼鉄《はがね》のごとき冷たさと鋭さを加え、「……息子をかえせ」のただ一点だけにしぼった悲しい死の前奏曲をなんども繰返すのだった——。

**（語り）瀬田栄之助**

最愛の息子への母親の気持ちというか、愛情はとにかく言葉では言えないほどに凄いものです。自分が死に瀕しておりながらも、亡き我が子へ呼びかけるのですからね。

この後、昭和42年には「関西文学」同人に推挙され、何かに憑かれたように必死に長編の執筆にと精魂を傾けるようになるのです。恐らくは自らの寿命を予知していたかのようにです。ともかくその長編「はだしの時代」第1回は「関西文学」昭和42年11月号に発表され、13カ月後の昭和43年11月に連載の最終回を迎えることになります。

この「はだしの時代」は伊勢の国菰野在の田舎庄屋杢右衛門とツブレ百姓の小倅佐吉が、明治維新の胎動の聞こえる文久2年、当時、現実に呼吸した人間としていかに思索し、いかに行動したか、種々の古文書を基に100名近い人物を登場させて描いたもので、気が付いて数えてみたら原稿用紙で12000枚余りにもなっていて、発表したのはその約10分の1に過ぎなかった超大作でしたが、読者の反応は様々……。

このように着々と、自らの余命に賭けていったわけですが、昭和43年6月の或る日の深夜、胃がしきりに痛み、それに少しの吐血が……。その夜は熟睡できずに翌朝、病院で診て貰うと「胃癌のうたがいあり」とのこと。胃痛や吐血はずっと続いており、その後もガンセンターで精密検査を受けながら、翌昭和44年5月、正式に「癌告知」をうけ、山中胃腸科病院で胃癌手術を受けることになります。

私の近辺でも癌に倒れた仲間が少なからずいたため、当時癌は不治の病とも言われていて、「絶体絶命」「万事休す」といった文言が頭を掠めたのですが、それと同時に、人づてに聞いたある話を思い出したのです。保々地区中野町出身の天春静堂という俳人が晩年、と言っても52歳の時に「直腸がんのため余命半年」と宣告され、それ以前から心臓病、腎臓炎を患っていて、いわゆる三病巣をかかえながらも自力で余命半年を余命2年に延ばし、その間に宿願・有王塚修築や長島大智院の芭蕉真蹟発見など、地方文学史・文化史に残る以上の大事業を完遂したことを。

そうです、良く似た年恰好の静堂と私、良く似た年回りでの癌宣告……。昭和2年に54歳で逝った天春静堂の癌と共に生きる「生きざま」に、いや「死にざま」に教えられたのですよ。「命の限り目的完遂」とね。山中院長も若先生も応援してくれましたよ、「癌と共に生きろ」ってね。

そこで奮い立った私は、病床を書斎代わりに、癌闘病記を同人誌『関西文学』や「人間像」に書き続けて、「癌闘病記五部作」を昭和45年中に仕上げましたね。その年の11月には私の唯一の単行本となる第1創作集『いのちある日に』を、しかも大手のあの講談社から出版、つづいて、癌告知を受ける前から執筆開始していたライフワークの大冊『スペイン文化とスペイン語の研究』を脱稿し、昭和46年4月に出版、と矢継ぎ早に自らの仕事を展開したのだよ。正しく全精力を投げ打って、といった具合にね。我ながら良くやった、と自分を褒めてやりたかった……。

これらの大事業は全て病床でやり遂げたのですが、最期の最期の段階で、つまり『いのちある日に』上梓後の昭和46年1月末、若かりし頃遊学した、遙か西方のスペイン政府では、日本の文化勲章に当るイサベル女王勲章授与が私にですよ、決定していたとはね……。その吉報が病床に届けられた時私は、「今スペインにいれば国賓扱いだな」と、付き添う娘の由美子に微笑むのが精一杯でした。

癌と共に生きた私の畢生の大作『スペイン文化とスペイン語の研究』への情熱と功績に対して贈られた勲章の叙勲式には、勿論私は行けず、娘由美子が代理出席する予定でしたが、私、瀬田栄之助は昭和46年2月7日深夜、枕もとに付き添う娘に、「お父さん、何か言い残すことは……」と聞かれ、「死を前にしてはニーチェもキルケゴールも役に立たなかった……」と微笑みながら、54年の短い生涯を山中胃腸科病院で閉じることになります。翌日には、浜田のカトリック教会で葬儀が行われて……。

そうそう、私の葬儀が済んで間もなく、天理大学でのイザベル女王勲章受章式には、予定どおり、娘由美子が私の妹、つまり由美子の叔母2人が付き添って代理出席してもらうのです。娘由美子は母が長期療養、私が多忙で、学校の修学旅行以外は一度も県外へ旅行などに連れて行った試しがなかったものだから、授章式の会場までの往復の道中が心配だったのです。一人娘が可愛くってね……。親ばかですね……。なお、「瀬田栄之助死亡通知」は、新住所のときわ台から娘の由美子が出してくれることになります、如何せん私は筆を持てませんでしたのでね。

いやいや、これでは余りにも予定通りに事が運んだように思われるでしょうが、癌宣告される以前に胃潰瘍を患って以来、大学は欠勤のため毎月の給料は入らず、日に日に蓄えは減るばっかりで、市営住宅を払ってときわ台に新築しても、電気代など光熱水費も払えず、新聞雑誌からの原稿料収入だけで辛うじて切り抜けることができた時もあったほどの最低の生活に追われたものでした。更にはこれまで読み溜め、買い溜めた書籍や資料も悉く、ときわ台に移るときに、そりゃ安い値で業者に買われてしまったりで、いわゆる身ぐるみをはがれたようになってしまっても生きている私でした。その頃の胸の内は「癌闘病記五部作」のひとつ「病室にて」にこのように書いたものですよ……。

**（朗読）瀬田栄之助B**

「病室にて」より

須上俊介はガンの病菌に腐蝕された部分を切除したといっても手術の際は固有筋層まで侵されていて、医者の宣告では五年間の生存率は五〇パーセントも危いという心細さであった。いつ何ん時、再発するかも知れぬ死の不安と恐怖の攻撃は退院後四カ月経った今日でもいっこうに衰えず、否、それどころか地獄の架台に引張られていく気持はますます倍加するばかり、ついには死の河口洲の当もない放浪に倦み疲れ、狂暴な悪魔の呼び声に負けて三度自殺を試みたが三度とも失敗に終り、もうこんな窮極の立場に追い詰められては、解脱なんて気の利いた発想からではなく、薬も注射も停止し、神の救い手も拒絶し、このごろ異様に高く耳朶にざわめく赤茶けた地上の枯葉のごとく「死んで生きている人間」として虚妄にかつ、横着に不貞くされて、暮らそうかと彼は覚悟を決めるようになっていた。

今朝から彼の病室とは別棟にある書庫の移転作業がはじまっていた。彼は胃ガンの宣告を受ける一年半も前から悪性の胃潰瘍で大学を欠勤していたので収入の道は完全に杜絶していて、それゆえ、切羽詰った療養費と生活費を捻出するために書庫と蔵書を売り払うことにしたのだった。

書庫には五十三年間の全生命が投入されていた。一寸の場も譲るまいとぎっしりとめじろ押しに詰った夥しい書物の間で、瞑想したり、思索したりする彼の姿はもう過去の語り草になろうとしていた。それにスペイン語の原書もスペイン語の教師たる須上俊介から分離してしまえば、その価値はゼロになる。現実の社会はまことに非情の一語に尽きた。古本屋は彼との長年の交際《つきあい》を冷酷に抛《なげう》ち、書庫もろともで五十三万円也という叩き値をゆうに五千冊を越える蔵書に対してつけた。足元を見透した古本屋の仕打ちに彼は制しきれぬ忿怒《ふんど》で喉笛を食い破られそうになったが、米屋や魚屋や電気会社やガス会社から借金の取り立てに責められている現状では氷柱《つらら》のような古本屋のそんな条件でも甘受しなければならなかった。五十三万円也といっても二カ月余の入院代やこれまでに貯りに貯った商売屋の借金を精算すれば、彼の手元には現金はほとんどないはずであった。……

書斎の解体作業は、日没すこし前に終った。須上俊介は、矢庭にカメラの蓋をあけ、フィルムを引き抜くと、手を洗いにきた人夫に不憫なぐらいの愛想笑いをしながらいった。

「このカメラ……やっぱり譲ることにするよ。なるべく値良く買ってくれないか? 私は病気が病気だから、そうそう長生きできないことはわかっているんだが、今の私はたとえ一日でも生き延びたいんだ。

それには金がいる……だから……」

俊介は落ち窪んだ眼窩の中の眼に力をこめて人夫を睨み据えながら、今度は、ほとんど強迫にちかい烈しい調子で、おっかぶせるようにまた、いった——。

「……あんたには血も涙もあるはず……どうか助けてくれないか？　……こうなりゃ、もういくらだっていい……明日一日だけでも生きられるお慈悲を示してくれるだけで充分なんだ!!……」

**（語り）瀬田栄之助**

誰でもいいので、すがりたかった……、「溺れる者藁をも摑かむ」といった境地で……。

おっと、私としたことが、忘れるところでした、実は「病室にて」には、こんなことも書いていたんですよ。公害です、四日市公害についても書いているのです。

**（朗読）瀬田栄之助C**

「病室にて」より

須上俊介は、今年（昭和四十四年）の五月一日、メーデーの行進に随行して、カメラでその行進を追っていた。この日のカメラ・クラブの課題は「五月一日に於ける市民風景」であったので、彼は当然のことのようにメーデーの行進にその日の被写体を決めたのだった。この街のカメラ・クラブはアマチュアばかりだが、その割にレベルが高く、皆と同じように林立する赤旗や集団の俯瞰の構図では入選覚束ないと判断した彼は奇を衒《てら》って工場労働者の顔のクローズアップばかりを狙うことに集中した。この狙いは成功したと彼はひそかに悦にいった。彼がスナップした百近い彼ら労働者の表情には不動のイデオロギーの規律の下では容易に発見されない生活の匂いがあった。ロング・ショットではとても想像不可能な悲しい啓示のようなものがあった。彼は興奮に脈打たせながら、さらに何本もフィルムを交換して撮りまくった。彼は率直にいって、労働者と名のつく人々に対して、何か「別人種」のごとく接してきた。彼は戦前の中産階級の出だった。中産階級を十九世紀的感覚からいえばブルジョアジーを意味する。黴生えた表現をすれば、「労働者」は、己に敵対する階級以外、何者でもなかった。戦後、時代は変ったとはいえ、彼が持って生まれたこの封建性は一朝一夕の変革ではどうなるものでもなく彼の心の奥深くに潜在していた。

その日は、ひどいスモッグが立ち籠めていた。石油コンビナートが流す亜硫酸ガスと国道一号線を疾走する無数の自動車からの一酸化炭素や窒素酸化物や炭化水素などをふくんだ排気ガスが「卯の花腐《くた》し」の長雨を予知させるようなどんよりと鈍《にび》色に曇った湿っぽい大空の下で入り混ったせいに違いない。慢性気管支炎の須上俊介はゴホンゴホンと咳き込んだ。すると、彼に調子を合せるがごとく、隊列の中で数人がゴホンゴホンと咳き込んだ。一人の若者が己の担いでいるプラカードを滑稽な身振りで指差した。

それには、「澄んだ空気を返せ」と書かれてあった。それを契機として、俊介はその若者に身近かな親密感を持った。否、彼だけでなく、今、行進していく全ての人々にびしょ濡れの連帯感を持つに至ったといった方が正しい。「同じ悪気流の下で生息する仲間たち」……そんな意識が先に立ち、彼の頭脳の中で大きく横揺れ《ローリング》した。彼は、大学教授という栄誉の座にどっかとあぐらをかき、労働者と手を結ぶことを何か恥辱のごとく考えていた己を深く反省した。

俊介のそんな反省は、以心伝心的に隊列の人々に伝播した。思いなしか誰も彼も俊介の狙いに合せた表情をしてくれるようになった気がした。スモッグは濃い狭霧のようにますます深まりつつあった。彼は従来の労働者に対する観念をかなぐり捨て、神経組織を組み直した気分で、今までになく誠実に且つ真摯にシャッターを押しつづけた――。

**（語り）瀬田栄之助**

またもう一編の「別れ霜」でもこのように、公害について描かずにはおれませんでしたね。鬱屈した市民の怒りです、植物の静かな怒りです……。私なりの、公害に対する告発なのです。

## （朗読）瀬田栄之助B

「別れ霜」より

俊介と由起子は近道をするために小笹川の堤防を四日市のほうに下ることにした。東海道の一宿駅として出発し、情緒ゆたかだった四日市市も戦時中、軍需工場がめじろおしに建設されて以来、その風貌を一変した。街は汚ならしくなり、市民の神経を乱しはじめた。それらの工場は昭和二十年六月十八日夜の大空襲で、ことごとく灰燼に帰してしまったが、戦後はそこを母胎として、急速に石油工場が林立し、一大コンビナートが完成された。夜、近鉄の電車でここをすぎるとき眺められる石油コンビナートは、その宣伝文句の、「百万ドルの夜景」という表現に狂いはなかったが、市民は四苦八苦の惨憺たるものであった。市の発展の下積みになるのも、もうこれ以上がまんのならぬところまできていた。それというのも石油工場から吐き出す硝化水素やメルカプタンや亜硫酸ガスをふくんだ有毒ガスとその悪臭が、全市民の心身を蝕ばみ出していたからである。現に、いま俊介と由起子が歩いている小笹川の堤防には、五月ともなれば、高雅な古代紫色の花をつけたギボウシがいっぱいだったが、有害ガスにすっかり死滅してしまい、その代り、マコモやアレチギクやコウホネといった雑草の群生地になっていた。

俊介が由起子に、無風流だが強靱なこれら植物群について話しながら、濃紺の煙霧《スモッグ》のなかで活火山の勢いでめらめら燃え上っている石油工場地帯のフレアスタッグの紅蓮の炎と対決しているとき、彼には一つの隠喩《メタファ》が自然と口を衝いて出た。

「植物の世界でも強い奴だけが生き残る……」

**（語り）　瀬田栄之助**

そうです。「植物の世界でも強い奴だけが生き残る」……これを捩って「人間の世界でも強い奴だけが生き残る」と言えるのです。このことを肝に銘じて、我々は行動するのです。言うまでもなく、志半ばで逝った病者や弱者の想いや願いを背負って、……そうすれば必ず新しい道や新しい世界が拓かれるのです。

このことは、四日市公害が大きく社会問題化すると同時に、小野十三郎[注13]や石垣りん[注14]をはじめ地元の黛元男[注15]ら多くの、反公害を詠う社会派詩人を誕生させることでも証明されるではありませんか。詩人に限らず、地元では小説家や歌人、俳人らの多くが反公害の作品を残しますが、皆さん、たとえ一編の詩でも一首の短歌でも読まれたことはありませんか?

昭和47年7月の「四日市公害訴訟判決」で患者側全面勝訴にとなるではありませんか……。長年にわたる公害患者たちの強靱な意思が、志半ばで逝った患者や多くの市民の良心の支えによる勝利だったと、その前年の昭和46年2月に逝く私は、後に知るのです。そして、計算すれば単純明快ですが、平成29年は「四日市公害訴訟判決45周年」であり、「四日市市制１２０周年記念」の節目の年にあたるのも分かります。それらを記念して「四日市公害文学展」なんかは開催されないのでしょうか。「四日市公害写真展」

が開催されるぐらいですからね……。

前にも言ったように私は8ミリカメラに凝っていて、特に公害に関する場面を多く撮影、編集しており、確かな記録映画として機会があれば上映できないものかと常日頃、思っていたのですが、それを察していた人が私の霊前に公害患者側の全面勝訴や45周年の「公害写真展」のことを報告してくれたから思い出したのです。

……ところで、私が撮りため、夜遅くまで編集した、あの8ミリフィルムの束はどこへ行ったのだろうか……。前田町からときわ台へ移転するときに、書庫や書斎の解体作業に来たあの人夫か、それとも、あの古書店のおやじが引受けた蔵書と一緒に運びだし処分したものか。或いは、……いやいや、人を疑うのはよくない、いけない……。

とにかく、私は身ぐるみはがされてベッドに転がされたようにしてただ、死を待つばかりの身でした。一年前には同人誌「人間像」に「ガンとアポロの日記」「病床孤読の日記」「負け犬の日記」などの病床日記を書いては発表し、開き直って人生を閉じようと思っても、やっぱり、人間は弱いもの……、つい、こう呟いてしまうのです……。私の、瀬田栄之助の文学はこれからなんです……。

（朗読）瀬田栄之助Ａ

「ガンとアポロの日記」より

神サマ、仏サマ、ナントカ助ケテ下サイ。死ヌノハ恐イ。ボクノ一生ハ苦シミドオシデシタ。ナントカ長生キサセテ下サイ。コレデ終ルノダッタラ、ボクハ世ノ中ニ何ヲシニ来タノダロウ？　悲シミト苦シミニ来タヨウナモノデス。ボクハドウ考エテモコンナ病気ニ苦シメラレルヨウナ悪イ事ヲシタ身ノオボエガアリマセヌ。トニカク、助ケテ下サイ。

（語り）瀬田栄之助

しかし、やがて何もかもと別れて逝く……と思うと、亡きお袋が万ちゃんの葬儀をするときに泣き叫んだあの様子が瞼に浮かんでくるのです。それは「別れ霜」や「雨の中の死者」で描いたようにです。果たして私の死に目には誰が呼びかけてくれる……。

あぁ、聞こえる、聞こえる……。あれは愛する妻寿美子の声か、娘由美子の声か、……私が私に呼びかける声か……。

あれは我が敬愛するガルシア・ロルカの傑作の1つ「イグナシオ・サンチェス・メヒーアスへの哀歌」四編の内の一編「不在の魂」だな。私が愛誦したあの詩を今は、私が私自身に詠っているのだろう…

（群読）瀬田栄之助A・B・C
ガルシア・ロルカ作／小海永二訳「イグナシオ・サンチェス・メヒーナスへの哀歌」より

「不在の魂」

牝牛もいちじくの木もお前を知らない、
馬たちも　お前の家の蟻たちも。
子供も夕暮もお前を知らない
お前は永久に死んでしまったのだから。

石の背もお前を知らない、
崩れゆくお前を包んでいる黒い繻子《しゅす》も。
お前の無言の思い出も　お前を知らない
お前は永久に死んでしまったのだから。

ほら貝といっしょに秋がやって来るだろう、

霧の葡萄と群がる山々、
だが誰一人　お前の眼を見つめようとするものはいないだろう
お前は永久に死んでしまったのだから。

お前は永久に死んでしまったのだから、
地上のすべての死者たちのように、
生命の火の消えた犬たちの　積み重ねられたその間に
捨て去られたすべての死者たちのように。

誰一人お前を知らない。知る者はない。だが　わたしはお前を歌う。
お前の横顔とお前の気品とを　後々《のちのち》のためにわたしは歌う。
お前の知識の著るしい円熟。
お前の死への欲求と　死の口の味。
お前のすばらしい歓喜が持ったその悲しみ。

これほど明るく　これほど波瀾に富んだアンダルシーア人《びと》は、
よし生まれるとしても　はるかの時間《とき》を要するだろう。

わたしは彼の優雅さを　声あげて泣く嘆きの言葉で歌っては
心のうちに思い出すのだ　オリーヴの木々を吹く　悲しみのそよ風を。

**（語り）瀬田栄之助**

以上のようにして皆さん、私、瀬田栄之助は亡くなる5年以上も前の同人誌「人間像」昭和40年11月号に「故・瀬田栄之助君を悼む文章」という追悼文を載せていたのですが、その原稿は実に、昭和24年5月に書いたものでした。と言うことは、戦後間もないころから「死」と共に歩んできた「瀬田栄之助の半生」が、瀬田栄之助がこの世に生まれてから１００＋１年目の今日ここに甦ったわけです。

風俗作家、いや、人道作家、それともスペイン文学研究家・瀬田栄之助が、次に皆さんの前に登場するのは何時になるでしょうか。その答えは皆さん、それぞれによって異なるでしょうが、きっと現れるはずです。

それまでの間、皆さん、お元気でお過ごしください。またお会いしましょう。

〈役割分担〉
（語り）瀬田栄之助　…　全
（朗読）瀬田栄之助Ａ…「祈りの季節」全、「ガンとアポロの日記」部分
（朗読）瀬田栄之助Ｂ…「父母への手紙」全、「犠牲者たち」部分、「病室にて」部分、「別れ霜」部分
（朗読）瀬田栄之助Ｃ…「日本にあった外国人捕虜収容所」部分、「別れ霜部分、「病室にて」部分
（群読）瀬田栄之助Ａ・Ｂ・Ｃ…　ガルシア・ロルカ作／小海永二訳「イグナシオ・サンチェス・メヒーアスへの哀歌」より「不在の魂」全

〈参考・引用文献〉

瀬田栄之助『いのちある日に』講談社　昭和45年
瀬田栄之助『スペイン文化とスペイン語の研究』大盛堂　昭和49年
小海永二訳編『ロルカ詩集』飯塚書店　昭和50年
茶園義男編著『大日本帝国内地俘虜収容所』不二出版　昭和61年
瀬田万之助「父母への手紙」『新版　きけわだつみのこえ　日本戦没学生の手記』岩波書店　平成7年
志水雅明『不撓不屈の俳人　天春静堂』志水舎　平成9年
D・キーン／小池政行『戦場のエロイカ・シンフォニー　私が体験した日米戦』藤原書店　平成23年
馬場　豊『戯曲　捕虜のいた町――城山三郎に捧ぐー』中日新聞社　平成29年
雑誌『近畿春秋』創刊号　伊勢新聞社　昭和21年11月

雑誌『四国春秋』40号　四国新聞社　昭和24年4月
雑誌『話題』１１５号・１１６号　大阪・話題社　昭和28年11月・12月号
同人誌『人間像』72号・84号・85号・86号　昭和40年11月・昭和45年3月・6月・10月
『芸術三重　瀬田栄之助特集』三重県芸術文化協会　昭和46年

〔本書の朗読劇上演についてのお願い〕
本書の朗読劇を作品として使用し上演する際は、出版社を通して作者の許可を得て下さい。

## 次の連載小説（昭和21年「夕刊三重」の社告より）

ご愛読を賜った大映名監督丸根賛太郎の作本紙連載小説〝魔法と恋〟は絶賛裡《り》に近く完結しますので次回連載小説を本縣の新準作家瀬田栄之助氏快心の作「偽りの青春」を連載することになりました。郷土が生んだ新進作家の筆になる「偽りの青春」とは？ ご期待下さい。

作者の言葉

何時の世にも青年男女の占める位置は忘れられがちである。我々は日々老い行く。そうして、若かりし昔の憶い出を思い返そうとはしない。誰でもが持つ青春の瑕疵に触れることが恐ろしいからだ。……だが、憶い出は、悲しいもの許りとは限らない。よし、それが悲しみの連続であろうとも、その悲しさも自分自身で考える程、悲しいことでないかも知れない。ニーチェは『人は自ら考える程、幸福でも不幸でもない』とその著、ツアラウトウストラの中でいっている。……とまれ、若き日の憶い出を強ち、悲劇喜劇に分類することなしにもう一度、思い返して見るのも甲斐なき業ではないと信じる。

私は「偽りの青春」の中に、二條英子という主人公を据えた。物語は、戦争初期に始まる。慌しい戦争の明け暮れの中にあって、女ひとりの生きる道が、如何に茨の道であったか？……私はそういったところにテーマを置いた。……彼女の幸、不幸に対する判断の責任は読者にあって、私にはない。

第二章

# 偽りの青春

瀬田栄之助 作
三林昌平 画

凡例

1、氏名、地名や固有名詞を除き漢字は新字体に改め（ex.鹽→塩）、異体字は原則として通行の字体を使用した。
2、平仮名・片仮名は、通行の字体に統一し、仮名遣いは原則現代仮名遣いに改めたが（ex.おこなふ→おこなう）、詩歌の表記など改めたことで支障が出ると判断したものについては原本のままとした。
3、送り仮名は原本の文章を尊重しつつ、適宜、現在一般的に使用されているものに改めた。ex.其一→其の一、出会→出会い
4、漢字表記の指示代名詞、副詞、接続詞等のうち、特定の語については仮名に改めた。ex.其→その、夫れ→それ、、何んの→なんの、其処→そこ、此処→ここ、尤も→もっとも、又→また、偖て→さて、如何う→どう、愈々→いよいよ
5、段落の最初は、原本で下がっていなくても一字下げにした箇所がある。
6、極端に長く通読しにくいと判断した文章に、句点または読点を付した部分がある。また括弧の始まり、終わり、どちらかが抜けているものは内容から判断して補っている。
7、明らかな誤字・脱字や、文法的に文意が通らないと思われる部分には、最低限の加筆修正を加えたが、訂正すべきか迷った時は原本に従った。
8、新聞掲載時の三林昌平氏による挿絵を、転載して使用している。
9、登場人物名が途中で入れ替わっているものを修正した。ex.内海民士→内藤民士

## 心（一）

――中野の駅に降りたとき、雨になっていた。毛利正明はレイン・コートを頭からひっ被ると、彼はいつもの癖で少し前屈みになって、しとしとと降る秋雨の中を歩き出した。……仲通りの煙草屋の前に差しかかると、突然、ラジオが、もの狂おしく音楽を奏《かな》で始めた。軍艦マーチである。また大本営発表があるのかも知れない。……毛利は、ほどけたゲートルの紐を締め直しながら、煙草屋の軒下でその放送を聴いた。

……昭和十八年十月十九日、大本営発表、帝国海軍航空部隊は十五日朝、ニューギニア島ブナ湾在泊中の輸送船団を強襲、反撃し来れる敵百機と交戦、輸送船大型四隻撃沈、中型一隻撃破炎上、飛行機十四機撃墜、我方《わがほう》損害十五機……

ヒステリカルなアナウンサーの声であった。……

毛利は、なんだといった顔つきで、心は、外《ほか》にあった。ラジオに集った人々の表情の一つ一つが、毛利には、面白いのだ。戦果を謳歌しているような顔はなかった。沈痛と悲哀と懊悩に満ち満ちた彼等の顔であった。開戦当初のように、戦果に酔いしびれた顔はみじんも見受けられなかった。五月二十九日、アッツ島の玉砕――八月三十三日キスカ島撤収――九月九日イタリア無条件降伏等々、次々と打ち続いた悲報は、国民に絶望感をいだかせるに十分であった。戦闘の度に軍部の秘密な情報は、自然と外部に洩れた。それ等は、全て悲観的であり、国民に絶望感をつのらせた。ラジオを慎重に聴いている人達はその発表に虚偽と矛盾を感じたのだ。

雨が止んだ。

毛利はおなじみの喫茶店でコーヒーを飲んでからその足で、M書房に立ち寄った。M書房は、開戦直前まで、古本屋と翻訳小説の出版を業とし、その経営の健実さと良心的な点で、一般文化人に高く評価されていた。……それが、鈴木庫三《くらぞう》、奥村喜和男《きわお》、井上司朗といった面々が、戦時出版界を牛耳るに及んで、用紙の配給は停止され、その外、出版業者として数知れぬ不当な弾劾を受け、その営業状態は正に、危険に瀕しつつあった。翻訳小説を業とするような出版主の頭は、米英的だという理由にもならぬ理由からであった。……

毛利はM書房に入った。この家の主人は、がらんとした書籍戸棚を背に座っていたが、毛利の顔を見ると待ち受けていたという風に「……毛利さん……愈々《いよいよ》来ましたね……今し方、お母さんが、貴方を捜しに来られましたよ。……」

……何が来た？　と問い返すまでもなかった。召集令状が来たのだ。

為政者の狂気染みた戦争に対する施策は、学徒動員という名の下に学生を戦争に駆り立てた。最早日本の学園には、学問の自由はなかった。昭和八年五月「復活に現れたトルストイの刑罰思想」という講演題目に端を発した京大法学部滝川教授事件を契機として、軍部の学問に対する弾劾は、太平洋戦争勃発と共に最高潮に達していたのだ。

かねてから覚悟をしていたというものの流石に、毛利は、心の動揺を隠し切れなかった。

「……此の間、頼んで置いた（瑞典《スウェーデン》・ザ・ミドルウェイ）は手に入りましたか？」

毛利は、努めて平静を装いながら、そんな外《ほか》ごとを尋ねた。……この本は米国人マーキイス・W・チャイルツの著で瑞典の消費組合について書かれたものであった。

「……もう、少し待って頂けたら何とか入手出来ないものでもなかったのですが。……それよりも、毛利さん……應《おう》召の心境といったものを一筆書いて残してくれませんかね。……どう考えても貴方のような顧《お》客さんを失うことは、私の店にとって、大きな打撃です」

と、主人に出されたノートに、毛利は

……大まかに死を思いつつ秋かさね、と認《したた》めた。それは、支那事変で散華《さんげ》した毛利の遺友の句であったが、また、彼の現在の心境でもあるといえた。

# 心（二）

……打越町への曲り角で、毛利は、母のせつに出会った。せつは、唯、おろおろするばかりで、言葉も出ない様子であった。……

……雨が、また、降り出した。二人は、黙ったまま傘もささず、黄昏の露路を歩いた。

……家に着くと、毛利は、早速、父の位牌に額《ぬか》づいた。

「南無阿弥陀仏――」

……その念仏の声も自然と彼の口を衝いて出た。御燈火の前で、こうして、じっと、母と二人で座っていると、父の没後、母一人に苦労ばかりかけて来た事が憶い出されて、彼はじーんと胸が詰まった――

「……お母さんも年齢を取りましたね。ほら……白毛が、こんなに……」

何時の間に、増えたものか、このところ、めっきりと目立って来たせつの白毛を抜いてみせると、

「……お父さんさえ生きていて下さったらね……。」

と、せつはしんみりしていった。せつの夫が死んでから、もはや十三年になる。亡夫《ぼう》は、日本商船の船長をしていたが、百八十度日付変更線の付近で、船火事の事故の為に、遭難死している。かくて加えて、長男は満州事変で、次男は支那事変で戦死している。……今、頼りにしていた三男の正明に召集令状が……。せつは、真実、生き甲斐を失ったといっても誇張ではなかった。

……誰が定めたか、日本の母は、こういった場合、泣いてはならぬ無情な掟がある。……せつは、永い間、唇を噛んでいた。――町内会長や町内の人達の御座《おざ》成りな永ったらしい祝詞を受けるには、彼は可成りな忍耐を要した。

夜は直《す》ぐ来た。

二人は亡き父、長兄、次兄の写真の飾られた茶ノ間で、ささやかな晩餐に向かった。母の心尽くしの英ネル青灰色の合服を着て、彼は畏《かしこ》まった

「……お父さんのお古を仕立て直したんだけれど、正明は、背広がよく似合うね。こうして、じっとお前を眺めていると、眼も口も、そうして、人一倍高い声までも、お父さんそっくりだよ。」

母はそういった後苦っぽく笑った。

「……今は猫も杓子も国民服一点張りだけど、今に、お母さん……背広を堂々と着られる時がきますよ。いやこなければならんです……

……背広を堂々ときられる時代、その意味は、日本の敗戦によって到来する平和の時代……。」

彼は、そこまでいって、ふっと口をつぐんだ。いうべき事も言えない悲しい時代――。……玄関の戸があいた。――

ぱあっと部屋が明るくなったと思われる若い花々の群――陽子にユカリに百合に君代に美年子……何れも、母の弟子たちばかりだった。せつは、露竹と号し、曲水流の書道の教授をしていた。

「……先生、お目出度う御座います。」

「……先生、御出征をお祝い致します。」

「……まあ、皆さん……兵隊に征くのはあたしじゃありません。お祝いの言葉を頂くなら正明にいって下さいな。

さい前《ぜん》、飲んだ祝酒のせいかも知れない——今迄の沈んだ気持ちは何処へやら……せつは、急に、若い弟子達を相手に、はしゃぎ出した。——

祝宴の席は、正明を囲んで、開かれた。

彼は、娘達の持って来た手料理をよく食い、また、葡萄酒の幾杯かを傾けた。

国民進軍歌を、愛国行進曲を、海行かばを、彼女と合唱した。

……歌いながら、彼は、務めて陽気に振る舞っている積もりだが、彼の心は、その場の雰囲気とは反対に暗く、重く閉ざされて行った。

この遣瀬なさ！　この空虚さ！

……二條英子がいないからだ。

……終いには、彼は、その感情を露骨に顔に出していた……。

## 愛情（一）

この場合どうしても二條英子の気持ちを掴まねばならない……

毛利正明は、そう考え出すと、もう矢も盾も堪らなかった。彼はつと席を立った。この突飛な振舞いに母は呆気にとられていた。（俺は、少し興奮しているようだ）

――彼は、それを酒の所為《せい》にした。酔ってはいるが、心の平静さを失っていなかった。それだけに、毛利には、自分自身の興奮の度合がよく分るのである。……

戸外に出ると、冷たい風が、火照った顔に快かった。暗い夜道を彼は複雑な気持ちで歩いた。……

駅前から石神井《しゃくじい》行のバスに乗った。

二條家を訪問する為である。自分は英子の父、保正にヴァイオリンの手ほどきを受けている。……（ヴァイオリンの製作家でありまた、ヴァイオリニストである二條保正と自分とは、いわば、師弟の関係にある。……その自分が今度の晴れの御召に預かって挨拶に行くのに、何んの不自然さがあろう。）

と、毛利は、今の心の遣り場をそこに託した。バスは憲兵隊の広場を曲った。大新横町の停留所は、もう間近かである。彼は眼をつむった。眼をつむると、またしても英子との最初の出会の日の事が思い出されて来た。……今夜祝宴を張ってくれた、陽子、ユカリ、百合、君代と共に英子が母の下に書道の入門に来た日、彼女がお納戸地の単衣に派手な臙脂の帯を締めて、庭の竹林を背に立っていたあの時の姿が、深水《しんすい》画く美しい日本画を思い出させ、今だに、毛利の脳裏に深く刻み込まれている。……二人は、宿命的にそうあるを得なかったのだろうか？　――二人はどちらからという事なし接近した。……やがて二人の間に仄かな愛情の芽が燃え初めた。……今迄、お互にそんな意志表示は、おくびにも出さなかったが、二人の間には、二人だけに通ずる或る一線が画され始めたと、毛利は確信している。それは自分の思い過ごしであり、自惚ではなかろうか？　……と、彼の心の何処かで、そう叫ぶ声があったが、彼は、彼自身、そんな気持ちは否定し続けて来た。……彼は、実際、否定し続けるだけでも大仕事だった。その日、その日、大学院の図書室に居ても、映画館に居ても、散歩に出ても、考えるのは、英子の事許り、女々しい自分だと毛利は自己嫌悪に陥る事すら度々あった。時に、英子に対し、大胆な愛情の表現の方法を考えない訳でもなかったが、毛利の自意識の過剰さが辛うじて、それをくい止めた。……バスを降りた。

二條家の門の前に来て、毛利は二階を見上げた。英子の書斎の窓——窓は開かれ、夜の眼にも、白いレースのカーテンの揺れているのは分ったが、電燈《でんとう》は消えていた。

「——毛利さん！毛利さんじゃ御座いません？」

その時、背後から、言葉をかけられ、毛利が吃驚《きっきょう》して振り向くと女中のヨシであった。

咄嗟——

「……先生はいらっしゃいますか？」

と、彼は、その場をうまく繕ったが、流石に、英子の事は、気が引けて、言葉に出なかった。……

## 愛情 （二）

私はヴァイオリンに引かれた絃
　物事はそれをする弓。

その弓を持つは誰だろう。

　私は知らない。

併し私の側にも鳴り響く絃があり。しろ銀に、また赤く、強く弱く、私と一所に奏でる調をきいた時、
　そうだ、初めてそれを聞いた時。

かすかに、弓を持つあの白い手が見えるように思った。

遠い遠い初恋の日。

毛利は二條家の応接間に置かれた赤い「初恋」と題する詩集に、そんな詩の一節を発見して、いまの自分の心情がチクリと表現されているような気がして胸が痛んだ
保正がいね夫人と共に現れた。
「……先生、来ました。覚悟はして居たというものの……僕は矢張り割切れぬ気持ちです。普段の大言壮語にも似ず臆病者とお嗤いになるかも知れませんが、僕は戦場に行くのが恐ろしいです……」
毛利はさらにいった後、自嘲的な意味を籠めて声を立てて笑った

「……それが本当の気持ちかも知れませんよ。……死を恐れぬというところまで到達するには、禅宗の坊主だって容易な業ではないはずですからね。ダブル・エイチ・バセヴィは霊魂の不滅を強調していたように記憶していますが……死んでしまってからは何か分ったものではありませんからね。……いやとんだ理屈っぽい話になりました。……こんなお話をするのも貴方にお目出度う、お出征を祝します……と本心からいっていいものかどうか、心に迷っているからです……」

二條保正はいった。

「……大政翼賛会あたりでは、国民皆唱運動の巡回指導を始めたようですし、私達の日本音楽文化協会でも移動音楽隊を全国各地に派遣して、音楽を通じての国民士気の作興に乗出すんだといって、つい今し方、私にも来てくれといって来られましたが私は断りましたよ。……音楽を通じ今度の戦争に協力するには、まだ音楽家としての私の気持ちがそこまで燃焼せず、といったところですからね。私は君のように戦争非協力者かも知れません」

保正は大仰にそういった後、夫人に

「……いね、呆気にとられていないで早く正明君のために送別の宴の準備でもしないかね？……出発は明日なんだそうだ。今夜をおいてもう二度とこんな機会もなさそうだ。早く頼むよ。……英子はどうしたんだね？ お前さんは病弱なんだから、英子と女中のヨシにでも手った。

伝わせて」

毛利は英子という言葉に急に元気が出せそうな気がした。

……英子と今夜はゆっくり話し合う事が出来る……

それからひととき準備が出来るまで、毛利は二條保正と心ゆくまでシューマンの「小夜曲」を合奏した。

秋の夜の合奏――明日出征という気持ちも手伝っていたかも知れないが、毛利はこのとき程音楽を味わったことはかつてなかった。

……終ると保正はピアノのキイから手を放して

「正明君、君の腕もなかなか上達したもんだね。……私も教え甲斐があったというもんだ。」

保正は何時になく満足気であった。

祝宴の準備はまだ出来そうにもなかった。

「……一体なにをぐずぐずしているんだね……今夜は君にもいろいろ都合があるんだろうに」

呼ばれて来た女中のヨシはおどおどしていった。

「英子様はまだお帰りではありません。わたしと奥様で一生懸命していますから。……」

英子不在と知って毛利の表情はくもった。……

## 恋心（一）

夜更けて英子は帰宅した。——遅い時間なので英子は流石に気が退け、父の帰室の前だけはそっと足音を忍ばせて歩いた。——

二階の居間に上る。——

窓をあける。——

空には白サファイヤのように美しい星——乙女座がまたたいている

外に向って、はあっと乳色の霧のような息を吐いた。英子は今甘美な追想を楽しんでいた。英子は今日銀座へ買物に行った帰り途、ふと新宿のフランス座へ寄って見る気になった。フランス座は、フランス風のコメディ専門の軽演劇場であったが、戦争が始まってからは、風刺と洒落が高度であったので、山ノ手人種や学生などインテリ層に支持されていた。

……英子が今日フランス座を観に行った事に付ては二つの理由があった。そこには杉並高女で同窓だった和氣知恵がスター格でいることと、毛利正明が津田英介というペン・ネームで発表している「姫君と暴君」と題する演劇が上演されていたからであった。今まで改って口を利いたことのない毛利の実体に触れるということは、英子にとってまた、特別な興味があった。その演劇は果して英子の期待を裏切らなかった。一幕ものではあったが時代を大化改新前後にとり、当時における奴隷的存在であった「部民」の一人が、屯倉、屯田の封建制に対して反逆の烽火を上げるという多分にイデオロギー的要素を含んだものであった、そして若い男女の恋愛を織りまぜることに依って、官憲の検閲に対しては巧にカムフラージュがしてあった。……その若い男女の一台辞……一動作は誰が演出を担当したものか、それは可笑しな程普段の毛利と英子に似通ったものがあった。

二人は劇中いろいろな困難に逢着するが、二人は敢然とそれと戦い抜き、最期に結ばれるという結末も……英子は見ていて、毛利が自分に恋情を打ち明け、彼女の父と母との反対を押し切って、結婚するといった英子には最早毛利が自作の古典劇「姫君と暴君」を通じて自分にそれとなく愛情の告白をしているようにしか思えなかった。

英子は今夜の演劇のことを思い返すとなかなか眠れなかった。毛利さんは私を愛している。——私も毛利さんを愛している。英子は枕元の電気スタンドの灯を消してからも、幾度か反転した。……

……夜の白む頃までも。……

……翌朝、母から英子は初めて毛利の出征を聞いた。……英子は早速東京駅に駈けつけたが、毛利の列車はすでに出発したあとであった。英子は永《なが》い間プラットホームに佇んでいた。

……終いには泣いていた。

## 恋心（二）

召集令状に書かれてあった迫撃砲隊第八十二部隊は福井県丹生郡立待村にあった。毛利が鯖江の駅に降り立った時は猛烈な吹雪であった。彼は永年東京に住んで東京特有の空っ風に馴らされ、寒風には可成りの自信があったが、噂に聞いていたこのように劇しい北陸の気候に直面して見ると、流石に肉体的に不安な気がした。

パンツと靴下とセーターと、それから愛読書ニイチェの「ツァラトゥストラ」の単行本一冊だけを入れたボストン・バックを片手に学生服と冬オーバーといった毛利の格好は国民服ばかりの入営者達の中にあって人眼を惹いた。営門の前で見送人と別れを惜しんでいる人達を尻眼に毛利は最っ先にその門をくぐった。——

一兵卒としての毛利が軍隊生活は苦悶と屈辱に満ち満ちた苦行の連続であった。大学生という彼の前歴は、他のインテリの戦友達と共に、野卑で傲慢な下士官によって特別にしいたげられた。常日頃崇高なイデオロギーを謳歌する日本の軍隊の実体は、悪徳と矛盾の世界以外何ものもなかった。毛利の此の悩みに対して、クリスチャンである戦友はそっと彼の耳に囁いた。……

……戦争は如何なる理由を以てしても世界人類に対する罪悪であるという事実に変りはない。国際間の紛争は一体武器によってのみ解決できない問題なのであろうか？　……否、俺は否定する。……

——俺たちが日日感ずる矛盾は唯単《ただ》に軍隊生活のみではない、日本の戦争目的についてだってそうなんだ。……だが、俺たちが好戦国家の一兵卒として生き抜くためにはそうした矛盾を矛盾として考えないように努力して行くのほか術はない。……

……その聯隊には妙な不文律《ふぶんりつ》があった。入隊すると同時に兵隊達は彼等の妻に、母に、父に、恋人に宛てて強制的に（面会謝絶）の葉書を書かされたが、それでもやって来る面会人に対しては、日曜日に限って許された。

昭和十六年の暮も押し迫ったある日曜日の朝、毛利は意外にも和氣知恵の面会を週番下士官からもたらされた。太平洋戦争もアメリカ軍の果敢な攻勢にいよいよ絶望的——本土決戦という無謀な作戦がそろそろ話題に上り初めていた頃であったから、兵隊達の演習は日曜も祭日もなく猛烈に繰り返されていた。北陸の吹雪の中を砲をひいて野外演習に出て行く兵隊達の後姿を見送りながら、毛利は済まない気持ちで一人内務班に居残っていた。それから毛利は週番下士官の不法なビンタを幾つか喰った後やっと面会所行を託された。

……毛利が入口で戦闘帽をかぶり直しその部屋に入って行くと、知恵は何時もの癖で爪を噛みながら片隅にひとりしょんぼり立っていた。……破れたオーバーと、馴れない汽車の長旅に疲れ切ったのであろうか、血の気のない彼女の蒼白な顔は毛利に一層哀れな感じを与えた。……

お互の視線が逢うと、知恵はつかつかと彼の傍らに駆けよって来た。……

「……正明さん私……貴方にお詫びに上がりましたの。……貴方が東京をお立ちになる前夜、私は貴方のお友達の宮崎さんがフランス座にお見えになって貴方の出征のことをお聞きしましたの。……私はその夜楽屋で英子さんにお逢いしましたのですけれど、私は英子さんにわざとそのことを知らせませんでしたの。……正明さんは英子さんを愛していらっしゃる。……英子さんも正明さんを愛していらっしゃる。……そう思うと、私には何か意地悪さが先立ち……知って居ながら私は黙ってしまいましたの。……嫉妬深いいけない女でしたわ……私は。……それから私は貴方をお見送り出来なかった英子さんがどんなに貴方を愛していらっしゃったかを知って、私にはもうこれ以上良心の呵責にたえられなくなってしまいました。……正明さん！許してね！本当に御免なさいね……知恵は悪い女でしたわ。……」

……唯《ただ》それだけ一気にいった後、彼女は声を立てて泣き出した。

## 悶え（一）

……毛利の居ないことは英子に人生の味気なさをしみじみと味あわせた。警報——空襲——そんな慌しい明け暮れの中にあって、青春を享楽しようなどということは、凡そ考えることすら許されない日本の現状であったが、それでも自分のいのちだけは大切に守るべきだと思い、今迄そう振る舞って来た。

日本の女らしくなく、余りにも臆病すぎる行動ではないかと。――防空頭巾を抱えてまっ先に防空壕に飛び込む英子を捉えて、そう非難する隣組の人達もあったが、彼女は別段気に留めないことにしていた。

今度の戦争は（否、日本の挑戦する過去の如何なる戦争もそうであったろうが……）それらは国民の意志によってなされたものではなかった。……そういった考え方は、近頃の英子の行動の全てを支配していた。……軍閥とか、一部特権階級の人びとのために、あたら青春のいのちを犠牲にすることの何と馬鹿々々しさよ！私のいのちを今迄守り続けて来たのはそうした人達のためじゃないはずだ！みんな毛利正明のためではなかったかと彼女は改めて反芻するのである……だが今は私のいのちをかけた愛しい人のいない今日此頃は、いっそ、頭上に焼夷弾でも落ちてくれたらと……そんな自虐の妄想に捉われるのであった。……

――戦争は、私から愛しい人を掠奪した！

――戦争は、私の青春を踏みにじった！

……英子の日記はそんな呪詛の言葉で埋まっていた。

英子には今縁談が持ち上がっていた。相手は銀座で有名なＪ楽器店の一人息子根本明である。……それに根本は品行に兎角の噂のある男――英子でも彼と彼の店の女店員との醜聞の一つ二つは聞いて知っている。……父は自分の製作するヴァイオリンの唯一の販売店である――

──いわばパトロンに近い親しさを持つJ楽器の一人息子、根本と自分の娘の英子とを結婚させることによって、戦争のために喪失したヴァイオリンの販路を保証しようと企てているのだ。何という情けない父の心情なのであろうか、と英子は時に父を軽蔑したい気持ちにならないでもなかったが、その反面、老年の父の姿を眺めていると彼女にはそうも言い切れぬ気弱さがあった。昔から可弱いものと見られたが故に、日本の女性の悲劇は往々こうした場合から出発する。……いつときも早くこうした封建の殻から脱皮せねばならぬ。そう意識しながらも、さて自分の立場に直面して見ると、まるで自信が無いのだ。……父の犠牲……そんな言葉は英子自身、自分を軽蔑しているようで厭だったが、自分が根本と結婚することによって家運が挽回できるものであったら……と最近の彼女はそう思い諦めるようになっていた。……何んといっても毛利との悲しい離別が英子のそんな気持ちに拍車をかけたことだけは否めない事実であった。

正明様……

お手紙の上で貴方にさよならを申します。私は、近く結婚することに心をきめました。……

或る夜、英子が兵営にいる毛利に宛てた手紙の一節はそんな言葉で始まっていた。……

## 悶え（二）

「……私、家出しようかと思っていますの。……」

英子は座るなり、そうぽつんといった。新宿の喫茶店（エルテル）の静かな午後のひとときである。……知恵は、咄嗟どう答えていいのか言葉が出なかった。……杉並高女で机を並べていた頃から、英子は、切迫した時には、直ぐ仲良しの知恵に相談を持ちかけるのが常であった。……知恵には、直ぐ、毛利の事に違いないと、察せられただけに、今日の英子に対しては女学生だった頃のように、返事をすべきでないと自重した。……知恵は、何か恐いような気持ちで英子の次の言葉を待った。

「この間の根本家との縁談の事……私には、どうしても気が向きませんの……知恵さんはどうお考えになって……？」

英子はまるで他人事のようにいった。……知恵にはちょっと彼女の態度が腹立たしく思えた。英子が毛利正明の事を正面から盾に持って来ないだけに、知恵には、余計不愉快なのだ。……英子は、自分と毛利との関係を何もかも知っていての今の言葉ではないだろうか？　それだったら、自分は、この人に間接的な査問を受けている事になる……知恵は、そう考えた。

「……二條さん……藪から棒にそう仰言《おっしゃ》られても……私困りますわ……そんな事は、貴方御自身で解決すべきじゃありませんか？」

少し怪訝な答え方だと思ったが知恵は思いきってそういった。

「今日、貴方から、そんな風な御返事を聞くなんて、私……夢にも思ってはいませんでしたわ……何でもお姉様のように、御相談して下さった昔の知恵さんを想像して来たのに……」

……こんな風にお互いが露骨に感情を出し合っては、もうふたりの友情は何もかも終いなのではないか……と知恵は思った。

「……はっきりと仰有って頂戴！知恵さん！貴女も毛利さんをお慕いなすっていらっしゃるんじゃございません？　……」

普段の英子らしくない、余りにも単刀直入な言葉に、流石の知恵の心も大きく動揺した。……

「……ねえ、英子……一生の御願い真実《ほんとう》の事を仰有って頂戴な」

英子は、もう泣いていた。——

まるで、小鳩のように、小刻みに体を震わせながら泣いている英子の姿を見ていると、泣きたいのは、むしろ、私の方ではないかと知恵も、ぐっと胸が詰まって来た、

「……二條さん……そんな御心配なさらないで。……私……毛利さんの事……何とも思っていませんわ。最前は、あんな乱暴な事を申し上げて御免なさいね、……知恵は、やっぱり、何処までも……貴方のお味方ですわ。……」

途切れ途切れに、精一杯の気持ちで知恵は、やっと、それだけをいった。……そして心にもない事をいってしまったものだと、直ぐ後自分で自分が無性に、いたいけなく、口惜しく思えてならなかったが、泣いている英子の姿をながめていると、何故か知ら気弱さが先に立つ知恵なのであった。……

窓越しに、隣組のバケツ・リレーの演習が見える。……知恵は、放心したように、しばらくぼんやりと眺めていた。……

## 家出（一）

雪。……

英子は灰色の吹雪の街をあてどもなく歩き続けた。彼女の心は北陸の雪空のように暗かった。……東京から持ち続けた毛利に逢えるという期待が大きかっただけに、英子の失望感もそれだけ大きかった……毛利にひと目逢えたらこんなに苦しまなくても良いものをと思うと、邪慳に面会を拒絶したあの衛兵の姿が、英子には無性に憎らしく思えてならなかった。……

鯖江の駅で英子は長いこと思案にくれた。……根本明との縁談をはっきりと忌避《きひ》した上での今回の家出故、今になって、英子はおめおめと中野家に帰れるはずがなかった。……

その時、列車が入って来た。英子は、瞬間、宇田川信のことが頭に浮かんだ。宇田川信は毛利正明の親友であり、彼の家に習字を習いに行く度に英子は今迄《いままで》、幾回となく顔を合わせている。

「英子さん、僕の故郷へも一度いらっしゃい。四日市も静かな落着いたいい田舎街ですよ」

と、何時かいった宇田川信の言葉を思い出したからである。英子は四日市行の切符を買った。——名古屋駅で関西線に乗り換えた。木曽川の鉄橋を渡ると、美しい松並木が窓外に見えた。その松並木越しに紺碧の海が朝の太陽を反射して輝いていた。昨日北陸の陰鬱な気候を経験して来た英子にとって、このように明るい関西の景色は一つの驚異であるといっても決して誇張ではなかった。列車の軽快な車輪の音と共に、彼女の心も何んとなく晴々した気持ちになって来た。——

宇田川信の家は直ぐ分った。「すみれ洋裁店」というのが彼の家で、街のメイン・ストリートにある中町にあった。

英子は今迄《いままで》の経緯を卒直に彼の母のみつに話し、洋裁の助手として手伝わせて貰えないかと頼んだ……みつは物分かりのいい婦人で英子がこの人の前に出てそうした告白をせざるを得なくなったのは、初対面の時から、英子は自分の母のいね以上の親近さをみつに抱いていたからであった。その夜、彼の父芳行とみつと英子の三人で食卓を囲んだ。

芳行は郊外のある毛織工場の診療所の所長であり、上品で開放的な紳士であった。昼間、英子の話題が信に触れるごと故意に避けようとしたみつの態度が、その夜芳行の話で英子にはやっと分かった。

「……信の奴はですなぁ……半年も前から未決のまま、名古屋の警察の留置所に居ますよ、彼が学生のころから社会科学研究会の有力なメンバーであり、そのメンバーが最近反戦運動をやったという嫌疑からなんです。先日、やっと面会が許されましたが信の奴、頗る元気でした。ああいった思想運動をやるような者は、何か根強いものを持っていますなぁ。我が子ながらちょっと感心させられましたよ。警官の前で彼は堂々とこういうんですなぁ。……（お父さん、僕がお父さんにとって不肖の子であるかどうか、何れ来るべき時期が解決してくれると思います。それ迄《まで》待っていて下さい。しかし日本の為政者が、戦争が果して人類に対する背徳行為であったと、考える時期が来ない限り僕は永遠に不肖の子で終るかも知れませんが）……　……兎に角、変わった奴です」

その翌日から英子はこの頃の洋裁店がそうであるように、すみれ洋裁店の軍服製作の手伝いをしながら幸福な数日を過ごした。……

だが英子の幸福はそう永くは続かなかった。どうして英子の現在の住所を知ったものか、ある日彼女は……母が病気故直ぐに帰って欲しい……旨の簡単な父からの手紙を受け取った。

## 家出（二）

……英子は父からの手紙を変だと思った。母のいねの仮病を囮に自分を引戻そうとする父の策略に違いないと思った。

昭和十九年の元旦を英子は四日市の宇田川家で迎えた。大晦日の午後四時大本営発表に「陸海軍航空部隊は、日本近海において敵潜水艦十四隻撃沈」という華々しい戦果の発表があったが……英子は敵潜水艦に日本周辺を包囲せられるようになっては太平洋制覇を豪語した日本の運命も、最早決せられたと同じではないかと考えた。二月——三月は夢の間に過ぎ、やがて五月となり十八夜もすんで、そろそろ初夏の気配の感じられる頃になって、英子は再び父から「ハハビヨウキ」の電報を受け取った。英子は妙に胸騒ぎを感じた。

以前の時のような疑いの心は起こらなかった。それに家出して半年余り……東京への郷愁《しゅう》もあって、ひと先《ま》ず東京へ帰ろうと決心した。

宇田川信の母、みつに送られて、その夜、四日市駅に来た。——発車間際になって、みつはいった。

……

「……英子さん……東京が面白くなくなったら、また何時でもこちらへいらっしゃいよ。……叔母さんは如何《どん》な場合でも英子さんのお味方ですよ。」

……親切にしてくれた（人のいい叔母さん）みつと別れることは英子にとって辛かった。泣いて名残りを惜しんだのであった。

……夜汽車は思いの外閑散としていた。半年前、毛利への傷心に疲れ果て、転げ込むように宇田川家を訪ねたあの時の遣瀬《やるせ》なく切ない気持ちを英子はいま改めて反芻していた。……また英子は毛利への激情を制し切れなく、家出という大胆な行動をとった自分の親不孝《こう》を考える時、こうして東京へ帰ることが真実、身の縮む位恐かった。……その時「……二條さん」と背後の座席から誰かが呼びかけた。振向くと船員服姿の内藤民士が微笑みながら立っていた。まだ内藤がW大学の学生だったころ、彼は英子の女学校へよくバレー・ボールのコーチに来ていた。そのころ、英子は選手でありセンターをしていた。二人にとって足かけ五年振りの出会であった。……

「まあ、お久し振りですこと、御掛けになりません？……」

英子は愉しそうに口を利いた。

「……有難う。……あれから貴女も御変りありませんか？　……貴女にこんなところで御目にかかれるなんて全く意外でした。大学を卒業して船会社に就職したばっかりに、僕は今こんな浮草稼業ですよ。……戦争のおかげで一時下船していた身を再び徴用されて、今の僕には最早自分で自分の体が自由にならないんです。……」

内藤は饒舌《じょうぜつ》にそういったのち

「……二條さんとこうして二人きりで旅行が出来るなんて、光栄ですなあ。……」

と付け加えていった。――

名古屋駅で乗換のため東海道線の上りホームに立っていると、駅が事故に依る列車不通を伝えて来た。……英子は仕方なく誘われるまま、内藤と共に市内のホテルに行った。……

その夜二人は黒いカーテンの降りた一室で深更《しんこう》までバレー・ボール華やかなりし昔の想い出を語りあった。女学校時代のコーチという昔の先入観があるので英子は内藤に対して格別の不安も持たなかった。真夜中、突然空襲警報のサイレンが鳴り響いた。内藤の手によって電燈のスイッチが消された……と、同時に内藤の重量感のある肉体が英子の上にのしかかって来た。あっと声を立てる暇もなかった。……

英子はしびれるような感触と共に次第に意識を失って行く自分を感じた。……

## 暴風（二）

英子が眼を開いた時は、朝の光が雨戸の隙間から洩れていた。……昨夜ぶっ倒れるように中野の実家に来て……それまでは覚《おぼ》えている……全てが悪い夢の連続であった。……いまだに内藤民士の体臭が自分の体の何処かにまとわりついているような気がして、英子は汚らしさにぞうんと悪寒を感じた。……

「……英子や。……」

傍で母のいねの聲がした。——

「……お母様——……」

英子はいねの布団の中に潜り込んだ。

英子は泣けて泣けてしょうがなかった。いねは英子を抱くようにしていった。……

「……お母様の病気もお前の顔を見た途端、けろりと治ってしまったような気がするよ。あんたも随分やつれたようだね。……この半年、苦労許りしてたんだろうね。……それから、お前と毛利さんとのことだがね……あたしは初めて聞いた時、そりゃ驚いたよ。……お母さんは英子を何時までも子供だと思っていたからね……だからお前の家出の原因がまさかそんなところにあろうとは気付かなかったよ。……もう心配しなくてもいいんだよ。……あたしからお父さんにお願いして、根元家との縁談は一応取消しということに取計って置いたからねえ。……ああ、そうそう……毛利さんはこの間召集解除になってね……一昨日家へも御挨拶にいらっしゃったよ。」

英子は、いねの話を聞きながら心の中で自分の運命の皮肉さをかこった。……根本家との婚約が解消され、晴れて毛利正明との交際が許されたとて、今更それが一体如何したというのであろうか……ああ、今となっては何もかも後の祭りでしかない。……英子は名古屋の空襲の一夜、内藤の暴力に抗し切れなく純潔さを失ってしまった自分の肉体がむしょうにうらめしく哀れに思えてならなかった。……

その夜

毛利が来ているらしく父の保正と談笑している彼の元気の良い声が階下に聞えた。——それから、いっとき、ヴァイオリンとピアノの二重奏が続けられた——ブラームスらしい、静かな落ち着いた曲であった。

いねは静かに眠っている。

……と、足音をしのばせて、だれかが階段を登って来た、障子が開いた。……女中のヨシであった。

「お嬢様、これを……」

ヨシは一通の紙片を枕元に置いて行った。

――英子様

今月初め、僕はとうとう兵役免除を命ぜられ帰って来ました。原因は軍務に耐えざる第何期かの肺病という軍医の診断故です。……兎に角体は傷めても地獄《ごく》の世界を脱出して、またしても娑《しゃ》婆に棲息出来るという愉しみは格別です。いや、真実を申し上げましょう。僕は貴女のために、故意に体を傷めて兵役免除になるべく努力したという方が当っております。今夜、保正氏から貴女との交際を許されました。

僕は今、歓喜と幸福の絶頂に居ります。――この上は貴女への面会の機会を待つ許りです。

正明

……走り書の毛利の手紙であった。英子は幾度となく繰返し読んだ。

その翌日のことであった。英子は突然内藤民士から速達便を受け取った。

(近日中また南方に向け航海に出る予定故、その前に是非、貴女にお目にかかりたいと思います。……此の次は何時再会が許されるやら……いや、日日、航路に危険の度が加わりつつある折柄、貴女とは永遠のお別れとなるかも知れません……僕に万一のことがあったとしたら、僕はあの夜の貴女に対して何んの贖罪もせず終る訳です。それが僕には堪らなく苦しい。

……そんな文面の手紙であった。

## 暴風（二）

……その朝、英子が中野駅から中央線に乗ると、向うの扉近くで脚本らしい部厚な原稿を無心に読み耽けっている毛利を発見した。

保正の話で彼がまたフランス座の脚本を書き初めていることを英子は知っていた。そうだとすれば彼は新宿《じゅく》で降りることは間違いない。電車は東中野、大久保の駅を通過した。

新宿までもう僅かだ。今話しかけねば……と英子の気持ちは焦るのだが、彼女は何故か毛利に接近することに気が退けるのだ。

魔に憑かれたようなかたちで、横浜に居る内藤民士に逢うべくつい、ふらふらっと外出してしまった英子だったが、今の気持ちは決して内藤への熱烈な思慕からでもなければ、また毛利からの転心でもなかった。……かといって自分の汚れた肉体を、何処かの棚に祭り上げて、毛利に逢うそんな図々しさは持ち合せぬ英子だけに、いま彼を前にして心が迷うのだ。

……電車は新宿駅に着いた。降車客に押されて彼女の体は自然と毛利に接近して行った。

「……毛利さん！」

英子は思い切って言葉をかけた。ホームの騒音に掻き消されてか、その声は彼に届かなかったらしかった。……英子は二声……三声……また続けて叫んだ。

その時、雑踏の中から和氣知恵が現れ、毛利と肩を並べて歩き出した。……英子は思わず二三歩、後ろに退がった。……二人のそんな行動を眼のあたりに見て、英子はいまはっきりと自分の行くべき道を示されたような気がした。――

東京駅で京浜線に乗換え、横浜駅に到着するまで英子の頭にはもう毛利の面影は微塵もなく……考えるのは唯、内藤民士の事許りであった。

駅からハイヤーを拾った。窓から見受けられる深緑の衣をつけた海浜都市は美しかった。彼女は慌しい日常生活で悉皆《すっかり》忘れ果てていた季節感をいっぺんに取り戻したような気がして、窓外の風景に見とれていた。――

……ニューグランド・ホテルのロビーで英子は内藤民士と対応した。……そこからは東京湾が一望の下に見渡され、こんな平和な海の彼方で今日もまた血を血で洗う戦闘が繰返されているのかと思うと、英子は何か嘘のような気がしてならなかった。……

……昨日、五月二十日の大本営発表に依ると、アメリカの機動部隊は大鳥付近の海面に出没、激しい撃戦が行われたという。

「……二條さん、ほんとうによく来て下さいましたね。……僕はああいった御手紙を差し上げたものの貴女の姿を拝見するまでは不安でしょうがありませんでした。……あれからの僕はいかにして貴女に贖罪すべきか。……僕のようなドン・ファンがこのような問題に付て、こうまで真剣に考えるなんて僕自身、不可解に思える位なんです。……結局、僕が貴女を愛しているが故の懊悩なのです。……貴女への贖罪の方法……それは結婚という道しかありません。……英子さん……許して頂けるでしょうか？　……」

……哀願するような内藤の言葉の調子であった。……この間まで夢にも考えていなかった内藤の出現によって、自分の運命は急転しようとしている。……運命の神は案外な悪戯者だと英子は心の中で思った……あの名古屋の一夜以来、悪魔のように呪い憎んでいた内藤を、英子はいま愛し始めている。……ぐんぐんと、唯もうがむしゃらに壁ぎわに押しやり、イエスと答えるまで羽がい締めにして考える余裕すら与えない……といった風な内藤の野性的な情熱に打ち負かされてしまった、という方が英子の本音に近いかも知れない……。

## 情熱（一）

……英子は、とうとうそのまま、家に帰らなかった。物狂わしいまでの内藤の情熱と愛撫《あいぶ》をうけながら、ホテルで三日間過ごした。――

……内藤は案外、紳士的であり、親切だった。……この男にあのような暴力沙汰があろうとは？

……いや……英子は、もう、名古屋の一夜の事に拘泥《こうでい》すまいと考えた。そればかりか、これから何となく、幸せが訪れて来るような気がした。……（楽園はこの世に実現し得る）といったルーテルの言葉を、英子は真正面から信じられそうな気がして来た。

ホテルの前は、公園になっていた。二人は晩餐の後、よく散歩に行った。――黄昏《たそがれ》時の海は、幾つもの表情を持っていた。海の色は、空の色に反映して、スペクトルのように美しく変化した。

「……海はいいなあ。……英子さんの前だけれど、海は僕にとって永遠の恋人だ。……こんな気持ちは海に生き、海に死す……僕達のような船員でなくちゃ分らないだろうなあ。……」

或る時、内藤は感嘆的な調子でいった。

「……海に死す……なんだって、冗談にもそんな縁起の悪い事……仰っちゃいや！」

英子の言葉に、内藤は、苦っぽい笑い方をした。

「……そんな予感がするんだ。」

「いや……いや……そんなの。……」

「……僕は、或る本で読んだのだが象は死期を予知すると、ひとり誰も知らない深山へ死にに行くんだそうだ。……僕も今度の航海だけは、何かしら、不吉な予感がしてならない」

何時になく、しんみりとした内藤の言葉であった。

「……たった一週間の花嫁で、貴方は、私を未亡人にしてしまうお積りなの？……それじゃあ私があんまり可哀そうだとお思いならない？……」

英子は、コケテッシュにそう訴えるのであった。

……甘美な陶酔の明け暮れであった。英子は、もう中野の家のことも毛利のことも忘れそうであった。内藤の太い腕に抱かれながら、毛利との今までの経過を考えると、子供っぽい恋愛遊戯に終始していたように考えられ、自分の幸福は内藤によって展かれそうな気がした。……今、捉えた心の青い鳥は、もうどんな事があっても離すまいと英子は決心した。肉体は感情まで変化させるものか……英子は、あれ程、憎悪していた内藤を愛し始めようとしている。……

「……内藤さん——抱いて……貴方の力一杯。……」

突然の英子の能動的な言葉に、内藤は感極まったように彼女の乳房のあたりを抱き締めた。……肩から胸にかけて豊満な贅肉は、内藤の官能を刺激せずには置かなかった。……彼は、唇を持って行った。甘ずっぱい英子の体臭は内藤の青春を逆流させた。船員特有の荒っぽい、性的な興奮が、それ以上の行動に移ろうとした時、ドアが開いた。

……

あっという身をつくろう暇もなかった。……英子は、内藤の肩越しに若い女の闖入者の影を見た。

## 情熱（二）

「やあ、潤子さん、いらっしゃい。」

内藤は、格別、悪びれた風もなく、ベットから降りその女に言葉をかけた。……英子は、思いがけぬ羞恥に、消える許りであった。

「……いつ、来たの？　……」

内藤は、務めて自然に振舞おうと試みるのだが、この場の生臭さは覆うべくもなかった。……英子は、もうこれ以上の侮辱《ぶじょく》には堪え切れなかった。乱れた恰好で、英子は、そっと、背後のカーテンに隠れて廊下に出た。

……英子は、もう以前のように逃げ出したりはしなかった。……自分に侮辱を加えた潤子と内藤の関係をみきわめるまでは、どんな事があっても、ここを動くまいと心を定めた。……打って変った彼女のそんな大胆さは、二十二歳という年齢よりも、非処女という点に、より多く罪をきせられるべきであった。……廊下のむこうで聞える雨滴に耳を澄す程の落着きをその時英子は持っていた。

季節は、もう陰鬱な梅雨に入っていた。

ドアを隔てて、内藤と潤子の争う声が、ひとしきり続いた。——

「……何んでもないんだよ。……あの女は……。」

「……だったら、あんなにお驚きならなくったって……。」

「驚くのが当り前だよ。……君の行動は突飛過ぎる。……」

「嫉妬しているんじゃなくってよ。」

「……そりゃ判る。……今更、僕達は嫉妬しあう程……単純な仲じゃない。」

「……貴方の態度をはっきりして頂きたいの。」

「……という訳は――?」

「英子さんとかいう人と別れるって約束して欲しいのよ。」

「……馬鹿だなあ……君は。……別れる別れないって言葉を持ち出す程の人じゃないんだよ……あの英子という女は。……行き擦れの女を僕の単なる気まぐれが捉えた……とでもいうか……。」

……英子は、もうそれ以上、二人の会話を聞くに忍びなかった。

……逃げるようにして、ホテルを飛び出した。――

英子は、唯、訳もなく岸壁伝いに歩いた。

……歩いた。――

……歩く事によってこの憂愁《しゅう》を忘れたいものだと思った。

……歩いた。――

……歩いているうちに、内藤に対する復讐が考えられそうな気がした。

岸壁の突端に来た。……また、降り出した梅雨に海は煙っていた。

荒っぽい波だった。

……海は、私の為に泣いてくれている。

英子は、自分の感情の遣り場を海に求めた。

「……私は……私は、もう男というものの存在を信じない。——」

英子は、海に向ってそう叫んだ。その海への誓いの言葉は、また、英子自身に対する自戒の言葉であった。——

海は、もう英子の表情のように黄昏ていた。——

## かげ（一）

……最近の毛利は、ヴァイオリンの練習も、と角怠け勝ちであった、毛利は音楽に対する興味と魅力を日増しに失いつつあった。何かの機会に毛利は二條保正に出あうことがある。……

……そんな時毛利はうって変った不勉強振りを責められるのが常であったが、彼はフランス座の脚本執筆の忙しさを保正への逃げ言葉にするのであった。——

……戦争の劇化と共に、音楽界に加えられた当局の弾圧と英子の家出事件は、二條保正をますます不機嫌にさせていた。……思い出したように訪れる毛利に対する保正のヴァイオリンの指導振りも以前と違って真剣味はなくお座なりなことが多く、いね夫人のヒステリックな振舞と共に二條家の雰囲気は陰鬱であった。……そして何より英子の居ないことは毛利をして、二條家の門から遠ざける原因になった。

——


　季節は、初夏に入った。半夏も過ぎたある朝、毛利が、母のせつと共に裏庭のかぼちゃの摘芯《てきしん》をしているところへ、訪問客があった。玄関へ出迎えたせつがやがて大きな声で毛利を呼びに来た。……宇田川信が来たというのである。……毛利は思わず「おーう」と、唸り声のような声を出した。泥まみれの足も洗わず、彼は家に上った。全く予期せざる嬉しい来訪者——宇田川信に毛利は飛びかかるようにして抱きついた。

「……まさか、脱獄して来たんじゃああるまい？」

と、いう毛利の言葉に、

「……馬鹿な。……不起訴……釈放の身だよ。喜んでくれ。……」

宇田川は相変らずの自嘲じみた調子で投げやるようにいった。

せつの心づくしのビールが一本置かれた食卓に二人は向い合った。

「……しかし……よく出られたなあ……僕は君のような思想犯は、時節柄、虐殺されること位に思っていたんだ。……」

「……冗談じゃない。僕がよし殺されたとしても第一、第二の宇田川信が後に続くよ。」

「……君は、自信家だ」

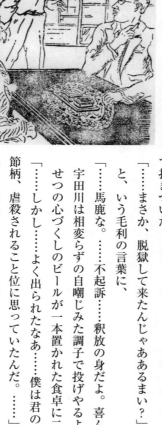

「勿論、そうだとも……自信家でなくちゃ、僕たち、運動に飛び込めるもんか。……左様、僕たちに最も必要なことは、未来を信じろという自信以外に何もない」

「豚箱の感想はどうだ？」

「ヒゼンと飯《めし》だけは何んとかならないものかと思った。」

「それだけかい？　……」

「それだけだ。——」

宇田川のぶっきらぼうな返答に二人の会話は一時途きれた。ビールは空になった。

「……僕はね……」

暫くして、宇田川は声を落していった。

「……当局がなぜ僕を急に釈放する余になったか？　最初はながく判断がつかなかった。検束……起訴……彼等の筆先一つでどうにでもなる僕たちの立場——僕はね……特高が僕を釈放することによって、僕を餌にしてアジトを突きとめようと試みるのではないかと大きな疑問を持った。」

「狡猾《こうかつ》な特高の考えそうなことだ。」

毛利は相槌を打った。——

「……ところがだ。……俺は釈放されると同時に海軍の報道部から報道班員のお座敷がかかって来たんだ。……軍の方でどんな策略があってのことか……僕には全く分らんが……彼等が僕を何かに利用しようとしていることだけは確かだ。」

「……それで海軍省へ連絡に上京したって訳だな。――」

「図星だ。ああそれより……英子さんのことを話さなければならない。」

「……英子さんのことだって？」

毛利は思わず固唾をのんだ。

## かげ（二）

「……英子さんは現在四日市の僕の家へ来ている。驚いたろう？　いや……そういう僕も少なからず驚かされたよ。釈放されて自宅へ帰ったら……英子さんが僕の母の洋裁店を手伝っているじゃないか。――そして英子さんからこれが二回目の家出だと知らされた時、僕は二度吃驚《きっきょう》させられたよ。第二回目の家出事件は、僕は検束されていたし、父も母も英子さんの名誉を傷つけまいとして僕にすら詳しい事情を打ち明けてくれなかった。それで英子さんにそれとなくあたって見たんだ。すると何もかも今回のトラブルは君……毛利正明に基因していることを知った。……そこで僕は自分の気性としてもうじっとしていられなくなり、抗議を申込みに来たというのが今日の用件なんだ。……」

……おだやかに話はしているものの、毛利の返答如何によっては決闘も辞さぬといった宇田川信の態度であった。……思想犯の多くは正義派であり、情熱家であるという……そういえば宇田川は昔からひたむきなところがあり、彼の過去の行動の全ては人のための奔走がおもで、自分自身のために動くということはなかったし、しかも彼は積極的であり勇敢であった。……恋愛感情も数学的に公式に割りきれるという宇田川の学生時代からの持論も、ある意味で彼の正義漢である面目を表現していた。……

……そんな宇田川の普段の性格を知っている毛利なので、今彼を前にして迂闊に口も開けないような気がした。

「……僕は今更弁解がましことはいいたくないが、僕と英子さんの今までの経過についてひと言いわせてくれないか。……僕はこういうものの、今更責任を転嫁しようなどとは毛頭考えていないから。……」

毛利はそう前置きした後言葉を続けた。

「……英子さんの意志表示をはっきり知ったのは、実は僕が応召してからのことだった。……英子さんが、わざわざ東京から福井まで面会に来てくれたことも後で知った。……僕はきびしい軍律のもとにあって、それに対する一切の応答の方法は悲しいかな……遮断されていた。……それから僕は何んとかして兵営を脱出したいものだと、真面目に考えるようになった。……その合法的な道として僕は、僕自身の体を自虐的に傷みつけることにした。……故意に風邪を引き、医務室の薬を拒絶し、出来るだけ、不健康な雰囲気に自分からすすんで体をおいた。……北陸のあの陰うつな気候は、僕のそうした不健康法に一段と拍車をかけてくれた。……真《まこと》に可笑しな表現だが、予期した通り僕の健康は悪化し、遂《つい》に肺浸潤の診断を受け、陸軍病院に入院を命ぜられることになった。そして最初の筋書通り、間もなく召集解除……僕は喜んで東京に帰った。……そして僕は帰ると同時に二條保正氏に逢った。保正氏の口から英子さんが、ほら、君も知っているだろうが、銀座で有名なJ楽器店の一人息子、根本氏との縁談を断って四日市の君の家へ第一回目の出行を試みたこと……そして僕を愛していてくれること……いろいろ知った。二條保正氏は僕と英子さんのために根本家と縁談を解消し、二人の交際を晴れて許してくれた……だが、東京へ行った英子さんのその後の行動が全く僕にとって不可解なことばかりなんだ。……最近の英子さんは僕に一度も逢ってくれないのだが、むしろ僕を拒絶しようとする傾向すら見える。……」

毛利はそこまで語ったものの、もうやりきれぬ気持ちだった。母のせつがどこかで苦面してくれた幾本目かのビールを瓶の口からぐぐっとあおるのだった。――

## 友人（一）

……二人の間に、息苦しい空気が流れた。……すると、この場の雰囲気を柔げるかのように、宇田川信の方からいった。

「……断って置くが、今度の件について僕は何も査問会を開いているわけじゃないし、また君達の事を嫉妬しているんじゃない……それどころか、君達が本願を達してくれるよう願っている者の一人だから誤解しないでくれ給えよ。……」

「断るまでもないさ。……」

毛利は答えた。──

「……何時かの平沼首相の言葉じゃないが、君達の仲は真に複雑怪奇を極めている。……」

「……複雑怪奇……その言やよし。……」

……宇田川のおどけた言葉の調子に、二人は、声を立てて笑った。
──その時、空襲警報が鳴り響いた。せつは防空頭巾を手にすると、蒼徨と表に出て行った。ラジオのスイッチをいれた。──雑音が多く、はっきりとは分らなかったが、途切れ途切れに新内閣の閣僚発表のアナウンスが聞えた。──
「昭和十九年七月二十三日……情報局発表……内閣総理大臣小磯國昭……外務大臣兼大東亜大臣重光葵……内務大臣大達茂雄……大蔵大臣石渡壮太郎……陸軍大臣杉山元……海軍大臣米内光政……」
「……今頃になって東条内閣が変るなんて……もう戦争の山も見えたようだね。──今度の総辞職の理由を……情報局あたりでは現下非常の決戦期に際し、広く人材を求めて、内容を強化せん事を期し、百方手段を尽くし実現に努めたるもその目的達成に至らず……なんていっているが、何んと心細い限りじゃないか? 今月の十八日、政府は、サイパン島失陥を発表した。日本の咽喉《いんこう》を押えられて、またこの上、戦争を継続しようなんて……僕には政府の腹が腑に落ちんよ。……あっさり、アメリカに兜を脱ぐべき時節だよ。……僕は何も反戦主義なるが故に敢て強調するんじゃないが……。」

宇田川のずばりといってのける態度を毛利は、真実、美しいと思った。……毛利自身、宇田川の言葉を全面的に心の中で肯定しながら何ものかを恐れ、それを表現し得ぬ自分がなさけなく歯がゆかった。

「……中野には憲兵隊があるんだよ。そんな大きな声を出されると困るなあ。……」

毛利は、反って制止の態度に出た。

「よしよし……だが、最後にもう一言だけいわせてくれ。……共産党にはマルキシズムという立派な教書があるが、ファシズムにはそれに対抗する何物もないということで……ああ少し酔ったようだ。」

宇田川はそういって、ごろりと横になった。毛利も横になった。その時、警報は解除になったらしく、せつが帰ってきた。

「まあ、あなた達は暢気《のんき》者ね。空襲警報中もこうしてお酒を召し上っていたのね。……」

呆れたといった恰好で突っ立っているせつに、宇田川は例の皮肉な調子でいった。

「……叔母さん。慌てなくたって……やがて東京は灰塵《はいじん》に帰しますよ。現代は科学の時代です。日本の軍隊も大和魂だけでは勝てなくなったということを漸《よう》く悟り始めたらしく、近ごろは、物心一如なんて事をいい出していますね。叔母さん、考えても御覧なさいよ。中天から木と紙のわれわれの家屋へ何千何百と降って来る焼夷弾の雨を、そんな非科学的な火叩きで消し終わせるものか如何うか？　いや、全く何んという滑稽な事実なんでしょう。政府なら……それに踊らされる国民も国民ですよ。……」

## 友人（二）

ボールドが白んでいた。……宇田川は睡い眼をこすりながら手近かな甲板に出た。単調なエンジンの響きが快かった。横浜を出帆してから間もなく船の無電局が接受した……敵潜水艦の警報もなぜか身に迫っては感じられなかった。宇田川は、デッキ・チェアに腰を下ろした。

海軍報道班員という肩書に付て彼はもう一度思い返して見るのだが、格別の感慨も起きて来なかった。彼は、それよりも、中野の家で呆気ない別れ方をした毛利正明の事が気になった。毛利の憶い出は全て二條英子に繋がる。……お互が愛の告白をしながらも結ばれない二人の仲について、宇田川は勝手な邪推をすることは、この際避けるべきだと思った。……だがどう考えても英子の方に暗い影の考えられることは出発の前夜、何もかも明らさまに語ってくれた毛利の言葉から容易に察せられたが、彼女の心の実体を掴まえない限り、軽々しく論断すべきでないとも思い返した――。

朝食の後、非常呼集があった。救命袋を胸にかけて、予め定められた救命ボートの前に集合した。船が内地の沿岸を航行中だという安全感からか……真剣味のない演習で終った。

蒸し暑い船室に戻って、宇田川がほっと一息入れているところへ、ボーイが迎えに来た。……事務長

の招待だというのである。……彼は、着替えて直ぐ伺うと返事した――。

事務長の部屋は、船橋に近い一角にあった。ノックをすると大きな声で応答があり、ドアがあいた――。

「……ようこそ。最前、船客名簿を点検していましたら、海軍報道班員の方がいられることを知って、一度、敬意を表したいと思いまして……。」

物馴れた挨拶の仕方であった。

「……肩書は、今し申し上げた通り……宇田川信です。……宜敷《よろし》く。」

宇田川は簡単に頭を下げた。

「いや……申し遅れました。本船の事務長をやっている内藤民士です。……貴方の行先は、ジャバでしたね。……航海は永《なが》いです。こちらこそ宜敷《よろし》くお願いします。……いつ、我われは、潜水艦にやられるかも知れません。乗船するまでお互に見ず知らずの仲でも、こうして同船し合ったという機縁から、これで死なば諸共という仲までになった訳ですから、さあさあ、もっと気楽に……ウイスキーでも召し上がりませんか？」

内藤はもうグラスにウイスキーをついでいた。

「ボン・ボヤージ！」

「ボン・ボヤージ！」

二人は、カチリとグラスを触れ合った。

「……ポーカーでもやりましょう。退屈な時は、これに限りますからね」

内藤は五つの骰子を革製のコップに入れた。内藤も宇田川もお互の年から直ぐ打ち融け合った。宇田川は今までこんな気の利いた遊戯は初めてだったが、内藤が親切に説明してくれるので、直ぐ納得出来た。――マルクス……レーニン……唯物論……弁証法……いままでそんな堅苦しい言葉しか話題に乗せたことのない宇田川にとって、こんな享楽的な世界は、一つの驚きであった。

昼過ぎ、ボーイが神戸入港時間を報せに来た。

「やあ、とんだ御馳走になりました。……後一時間で神戸入港ですね。……久し振りにモトプラでもする積りです。……どうです？　宜しければ御一緒に……」

上陸の仕度に船室へ戻ろうと立ち上った時、宇田川は机の上に見覚えのある写真が目についた。まさかと彼は思ったが、その小形のフォト・スタンドを手にして見た……正に二條英子に違いなかった。大胆な額のカールに、ショール・カラーにした野暮ったい衿《えり》のあるブラウスを着て桜の木を背にして立った英子の写真に、かつて毛利の家で逢った彼女の印象とはおよそ程遠いものであったが、顎の下の特徴のある黒子からもう間違いなかった。

「内藤さんは、この人を御存知なんですか？」

宇田川のそんな質問に
「……僕の……恋人なんですよ。……いや、現在はもう……僕の恋女房だといった方があたっているかも知れません。恥をいうようですが……出帆の前日に……ちょっとしたちわ喧嘩をしましてね。……彼女は僕をおっぽり出して……飛び出して行きましたがね。」

ろれつの廻らぬ調子で、内藤は答えた。

## 転落（一）

……一年の月日が流れた。その後の毛利正明は……？　二條英子は……？　宇田川信は……？　内藤民士は……？　そして、和氣知恵は……？　並木潤子は……？　これらの登場人物の行動を追求する前に、まずこの一年の余りにも慌しい世相の変転に付て語らねばならぬ。

アメリカ軍の反撃は、昭和十九年十一月、Ｂ二九の東京来襲を契機として火蓋は切られ、昭和二十年一月には硫黄島を、六月には、首里、那覇を久米島を漸次滲透《ぜんじしんとう》し七月にはいると、機動部隊は日立市を艦砲射撃するに至った。この間、対内的には、臨時軍費八百五十億円の莫大な予算案が両院を通過し、国民義勇奉公隊の結成の閣議決定、戦争遂行上の最終内閣の噂の下に誕生した鈴木貫太郎大将を中心とする新内閣の誕生――、対外的には、昭和二十年五月独軍の無条件降伏、七月のポツダム会談――こうした事実の下に、日本の敗戦の濃度はいよいよ増しつつあった。日本のその日その日は、空襲に明け、空襲に暮れた。最早日本人は……生きるという事だけで精一杯であった。開戦の当初あの真珠湾の不法攻撃に快哉を叫んだ日本人も、アメリカ軍本土上陸後の不安な妄想に怯えおののいた食糧の急迫は都市と農村を対立させ、傍若無人な軍人の行動は一般人民から信頼の心を失わせ、そして、破壊された軍需工場では、徴用工を茫然自失せしめた。

……

……再び夏……

フランス座は、罹災《りさい》した。情報局の肝入りで、一座は工場慰問に赴く事になった。

……目的地は、三重県である。演出格の毛利正明を初めとして、男女優七人、それにマネージャー一人の寂しい構成人員であったが、それでも地方巡行に出るという愉しさは、また格別であった。

毛利正明は、車内の片隅に席を占めると、何処で詰めて来たのか水筒の中の酒をあおり初めた。……和氣知恵は労わるように毛利の傍に座を占めている。……

燈火管制に鎧戸を下ろしたむし暑い列車の中であった。……

「……いけないわ。そんな事をなすっちゃ。」

水筒と毛利の手を押し留める知恵の態度は、もう師弟の道を通り越したなまめかしさがあった。

「……余計なこった」

邪慳に、毛利は知恵の体を押しやった。知恵は泣きべそをかいたような顔になった。……それでも知恵は、こうして介抱していることが愉しくて愉しくて堪らぬという風であった。

毛利は、またも、酒をあおり続けた。……英子を失い、最近三度も続けて却下された自作の脚本に対するやり切れなさを酒に紛らわしている毛利でもあった。……何を呪咀《じゅそ》し何にこの憤怒を擲《なげう》つべきか？その対象を掴めない毛利だけに、そんな気持ちは大きかった。——

真夜中……酔いしれて、横になっている毛利の頬に知恵の唇が触れた。毛利はかすかにそれと気付いたがあえて反発する気にはなれなかった。なすがままに委せておいた。全て自棄《やけ》っぱちな気持ちで……。

## 転落（二）

朝から頭が痛むので、早退の手続きをし、守衛に外出証を渡して正門横の掲示板を見るともなし見た時、英子は図らずもあの懐かしいフランス座の広告が眼に映った。

移動演劇隊
　フランス座公演
　　毛利正明作並に演出
　　　「姫君と暴君」一幕

英子は、それを見た時、ちょっと信じられぬ気がした。……幾度も見直した。……

英子は、宇田川一家と共に、六月十八日の夜四日市で罹災した。信の父、宇田川芳行も母みつも幾らか暢気《ようき》な性格の持主であり、これまで、英子は幾度か疎開をすすめても一向、応じる気配はなかった。一切の家財は勿論、みつの経営する「すみれ洋裁店」にとって生命の綱ともいうべき十数台のミシンを焼失した現在、洋裁店の経営持続という事については、全く見込みを失った。間もなく、近郊の養蚕部屋の一部屋を借り受けて宇田川一家はそこに落着いた。宇田川芳行は、毛織工場の診療所長である関係から、英子は女事務員としてその診療所に就職した。……英子さんを働かしたりして、あたしは東京の貴女のお母さんに逢わせる顔がないと、英子の就職に反対した気の弱いみつを見ていると英子は余計、反動的な気持ちになりこれまでのみつの恩義に酬《むく》いる為に精一杯働かねばならないと考えた。——

いよいよフランス座公演の当日が来た。会場は、寮の食堂……時間は午後六時からと定められた。寮は、診療所と向かい合っており、退《ひ》け時近くになると久し振りに慰問演芸に、もうざわめき立っている様子が、英子は事務室にいて、よく分った。宇田川診療所長は、近所の社宅へ往診に行って未だ帰って来ない。英子は、しょうことなしに、ぼんやりと机に向っていた。——

……毛利とはなれ、内藤に侮辱を受けてからの英子の人生観は変わった。あれが男の実体であろうかと思うと、英子はもう男の存在が恐ろしくてならなかった。……男という男は、今後如何なることがあろうとも信じられぬと思った。そしてこの一年、四日市へ来てからも、英子に接近しようと試みた男は幾人かある。……英子は、そんな時、いつも自分自身が可哀そうになるくらい、きびしく身を持し、男達に対しては邪慳に振る舞ってきた。――この頃になって、そうした自分の態度を自分自身の為のように思っていた積りなのだが、結局は毛利正明の為であったように考えられて来、我にもなく顔を赤らめる英子でもあった。……

毛利正明が来る。英子は逢っていいものか、悪いものか、全く判断がつかなかった。逢って、古い傷に触れられる事が英子には辛いのだ。……英子は、二度と拭えない瑕疵《かし》の恐ろしさをこの時ほど痛烈に味わった事はなかった。……

……その時看護婦が一通の電報を持って入って来た。

「……今、お家《うち》からだといって先生へ、この電報を届けられました。」

英子は早速、その電報を開いて見た。

「ゴレイソク　シンドノ　サク一九ネン八ガツフイリツピンオキニテセンシ　アイトウノイヲヒヨウスイサイフミ　カイグンホウドウブ」

……御令息信殿、昨十九年八月フィリピン沖にて戦死、哀悼の意を表す、委細文、海軍報道部――英子は、それを読み終わった後、余りの意外さに言葉も出ず、暫く呆然としていた。

## 嘆き（一）

……その電報は少なくとも英子に二つの衝撃を与えた。宇田川信の死は勿論のことながら暴力の下に肉体を掠奪し、自分の一生を葬った暴漢として、あれ程憎み呪っていた内藤民士の死に直面して、英子は我にもなく狼狽するのであった。

公報には内藤の名はなかったが英子にはそれはもう決定的な事実だと思った。昨十九年八月という点からして宇田川が同船した内藤の船の事故としか英子には考えられないのである。英子のそんな推理には根拠がない訳でもなかった。宇田川信が神戸からくれた内藤民士との関係を難詰した手紙が四日市の英子の下に届いたのは、丁度昨年の七月であった。フィリッピン沖の事故が八月だとすれば、ジクザク・コースを取って進行する速度から計算して、それはもう内藤の船に間違いないと思った。……宇田川信の公報を見て内藤民士の死の方がより多く英子にクローズアップされてくるのは、これまた何としたことなのであろうか？　それも内藤の死は未だ英子の全くの想像だというのに……。その時宇田川芳行が往診から帰って来た。芳行はもう息子の死を知っているらしかった。芳行はソファの上にぐったり座ると、

「……英子さん、今度のことは私の一生の痛恨事です。ああいった息子だけに、余計不憫でなりません。……」

後は言葉がなかった。――英子は慰めの適当な言葉を容易に見出だせない自分を口惜しいと思った。

芳行の胸に顔を押しやり英子は永い間泣いた。……

……泣いている裡に英子はもう自分のことに拘らず、宇田川信の死は親友の仲であった毛利に是非知らせねばならぬと考えた。……

その夜は芳行、みつ、それに英子の三人で侘しい通夜を過《すご》した。

朝は直ぐ来た。英子は徹夜で腫れぼったい顔をして昨夜の公演会場である寮に出向いた。しかし一行は次の興行地を目指して四日市駅へ出発したところだという。……英子は三重鐵《てつ》を諏訪駅で乗換え下り電車を待ったがなかなか来そうになかった。

切符を放棄して、新道を小走りに駈けた。四日市駅までは十五分の行程である。……ひどく息切れがした。……駈けながら英子は宇田川信の死亡を報らせるというよりは、自分が毛利に逢いたい一心からの行動ではないか？　と自分の心の何処かでそんな風に詰《つめよ》る声を聞いて、はっとなった。

待合室で、英子はやっと一行を捉えた。しかし毛利の姿はなかった。一人の若い女優に聞いてみた。毛利はひとり次の興行地に既に先発した後だという。……泣くにも泣けぬ気持ちで英子が立ち去ろうとすると

「……二條さん……二條さんじゃ御座いませんか？」

と、言葉をかけてきた女があった。……意外、和氣知恵であった。……それでは今度の巡行は毛利は知恵と一緒だったのかと思うと、英子はいままで忘れていた嫉妬じみたものを急に感じ始め、明らかにそれと分る敵意に満ちた眼差しを以て知恵に向った。……

## 嘆き（二）

……八月十五日、終戦の詔書が渙発《かんぱつ》せられた。……六日の広島市に於ける原子爆弾落下、八日のソ連の宣戦は、日本の死期を早めた。――終戦後の日本には予期した通りの暗黒時代がやって来た。九月末で発行高四百十六億円に登るという日本銀行券の急膨張……それに伴う悪性インフレの襲来、検察当局の無能による無秩序状態と国民の道義心の低下に基く犯罪の激増、日本の凋落は留るところを知らなかった。……

……なんじら聞きて聞けども語らず、見て見れども認めずこの民の心は鈍く、耳は聞くに懶《うと》く、目じたればなり。これ目にて見、耳にて聴き、心にて悟り、翻《ひるが》えりて、我に医さるる事なからん為なり

……英子は、マタイ伝の一節を静かに音読していた。

一億総懺悔の言葉が叫ばれていた。その言葉は、戦争という人類への罪悪を犯した一部特権階級の人達の贖罪を一般人民にまで強制し、転嫁しているようで、英子は少し不満だったが、今、こうして聖書を繙いていると強《あなが》ち、そうともいえないように感ぜられた。日本の新しい出発には各自の心からの反省

を必要とするように、英子は自分の再出発に対しても、この際過去の一切のトラブルを精算し、聖書にいう……不敬虔と世の欲とを棄てて、つつしみと正義と敬虔とをもってこの世を過す……為に、祈りの心を忘れてはならないと思った。――

クサヒバリが姿を消すと、林の木の葉が急に黄ばみ初めた。何処かでツグミの鳴く声が聞える。もう秋に違いない。……英子は読書に疲れると、ヴァイオリンを抱えてこの林にきた。宇田川信を喪い、内藤を喪い、毛利に裏切られ、そして再び、東京に舞戻った英子の傷心の身を癒してくれるものは、このヴァイオリンであった。ヴァイオリニストであった父の保正から、英子は基本をがっちりと仕込まれているので、最近、軽音楽団アロハからの招待に応じるだけの自信はあった。夕方になると、英子は、練習の為に、この雑木林にくるのが常であったが、ともすれば、毛利や内藤の面影を思い出し勝ちで、弓持つ手に身が入らなかった。……

軽音楽団アロハの練習場は、有楽町のあるビルディングの一室にあった。この楽団のメンバーの多くは、トーキー以前の映画館の楽士や、ダンスホールの楽士くずれが多く、基本の練習を経て来た人は少かったので、英子の技量は指揮者に直ぐ認められ、第一ヴァイオリンの位置を与えられた。――

ある日、この軽音楽団は、歌手を一般から募集した。選考当日……

英子は、支配人に勧められるまま、出席して見た。応募者は意外に多く、受付に聞くと三百人以上という事であった。英子は、受付の女給仕が可哀そうな程、ひとり多忙を極めているので手伝ってやる事にした。午前八時から始めたのに、正午近くになっても応募者は続いた。

吉川やよひ……村田ルリ……野々宮陽子……新藤ミネ子……八田直江……並木潤子……

並木潤子という名に突き当って、英子は、はっと電撃に近いものを感じた。……思わず、額を上げた。……視線があった。……微笑みながら、自分の眼前に立っている女……その女は、内藤とのニューグランドの一夜、突然、現れ自分達の愉しい夢を打ち破った、あののろうべき並木潤子に違いなかった。

……

## 新生（一）

「……あら、何時《いつ》ぞやは……失礼しました。」

そんな風に親しく並木潤子の方から言葉をかけられては、英子はあれ以来の敵意を忘れてしまいそうであった。……

「……私こそ。……」

英子も改って挨拶をした。

……積もる話もあるから暇だったらそこまでつき合ってくれという潤子の言葉に、英子はガード下の喫茶店に行った。午前の喫茶店は、閑散としていた。二人は、レースのカーテンのある窓近くに席を占めた。……横浜でのあの一夜の事を弁解しようとする潤子を押し止めるようにして、英子はいった。……

「もう、いいんですの……並木さん。みんな昔の悪い夢だったんですわ。……内藤さんのことも……何んとも思っていませんわ。……そう、内藤さんの事といえば。」

……英子は、ちょっと声を落して宇田川信の公報にからめて、内藤も殉職したのではないかという自分の予感を潤子に語った。……

潤子は、それに対して格別の感想をも洩らさなかったが

「……二条さん……これを御縁に」

後は、嗚咽《おえつ》に声が消えて、はっきりとは聞こえなかったが、……不幸な過去を持つ二人がしっかりと手をつないで行けたら……といった……こうして、対座していると、並木潤子も英子が想像していたとは違って、善い人のように思えた。……潤子の申し出に、英子は、むしろ、こちらから御願いしたいところだと、手をにぎり合った。――

英子の推薦で、潤子の採用は一も二もなかった。並木潤子は、軽音楽団アロハのホープ歌手として登場した。――

音楽にいのちをかけた二人の精進は目ざましかった。英子は、父の許可を得て、身寄りのない潤子を本牧《ほんもく》から自宅に引き取ってやった。

保正も二人の指導がてら、もう一度音楽界に乗り出して見ようといい出したので、彼女達にとって万事が好都合であった。――

終戦後――日本交響楽団の定期演奏の復活、ローゼンシュトックの再登場を初め、戦争中、不当な弾圧をうけてきた音楽界も漸く虚脱状態から解放され、絢爛たる裡《うら》に、花咲いた。――

軽音楽団アロハの公演は、昭和二十一年の新春と定められ、いよいよ猛練習がくり返されつつあったその年の暮れ――英子は放送局から新人コンクール試験の案内状を受け取った。英子は応募した記憶がないので、念のため、潤子に聞いて見ると、潤子が、英子のために申し込んだのである事が判った。

「勇気を出して」

潤子の言葉に元気づけられて、英子は、父の秘蔵のヴァイオリンを抱いてその日、放送局に行った。

## 新生（二）

……支配人が呼んでいるという報せに、先日無断で放送局へ行った事に付いて、大方叱られるのであろうと英子が気にしながら、その部屋に行くと

「……二條さん！　ビッグ・ニュースがあるんです。……僕は、貴女に……アロハを代表して御礼申しますよ。」

と頗《すこぶ》る上機嫌であった。

……狐につままれたというのはこんな場合をいうのであろうか?……と、全く腑に落ちぬといった恰好でそこに、きょとんとして立っている英子に、支配人は言葉を続けた。

「……銀座のT楽器店の根本明氏。貴女はあの方をよく御存知だそうですね。……その根本氏から、われわれの楽団を後援したいといってきたのですよ。……これでアロハの資金難も解消され……新春の第一回演奏会の練習も心置きなく続けて頂けますよ」

そして、支配人は英子に根本氏からの依頼だといって、一通の封筒を手渡した。

……英子様、貴女の楽団を微力ながら後援させて頂きたいと思います。僕が、こういったからといって、今までのように僕の言葉の裏には、何か野心がある……といった風に考えないで下さい……現在の僕は、純粋です。せめて、こんな言葉が許されるなら貴女を通じて、日本の音楽会に貢献したい。
……唯、それだけなんです。……毛利君との事、御多幸を祈ります。
——
……短い文章だが、英子には根本の真意が受け取れた。……最後に、毛利の事にふれられて、英子は、ちょっと胸が痛んだが、今の彼女はそれ以上、拘らないだけの心構えが出来ていた。

暮れも押し迫ったある日、英子は放送局から入選の通知を受け取った。英子の放送当日は、珍しく大雪であった。英子は、いつか、福井へ毛利に逢いにいった……あの切ない冬の日を思い出したが、演奏会に入る頃は、もう忘れていた。

……そして、何もかも改った気持ちで「第九」を弾いた。

英子の放送は好評を博《はく》した。年明けて局から二度目の放送申し込みがあった。英子は係員に頼んで、軽音楽団アロハと並木潤子との合同出演を許可して貰った。

「……只今より……歌と軽音楽を御送りします。出演は、アロハ音楽団……指揮並びに編曲は？・？・さん……御歌いになるのは新進の並木潤子さん……最初の曲目は加藤介　作詞　川田雙三作曲……美しい女性……演奏にあたりましてここで、ちょっと第一ヴァイオリンの二條英子さんを御紹介申し上げて置きます。……二條英子さんは、昨年放送局の新人コンクールに一等入選の……」

アナウンサーの声は、電波にのって全日本に中継された。……やがて、潤子の唄う「美しい女性」の歌が演奏された。

美しい光が花を生み
美しい声が鳥を生み
花と鳥とで木が描かれる
美しい女性が花を生み

美しい空が凮を生み
花と凮とで野が描かれる

——その放送を毛利正明は、東北のある寒村で聞いていた。その後、移動演劇隊のメンバーの中には、毛利の自棄《やけ》っぱちな態度に、リーダー不信を唱え、どろんを極め込むものもあり、移動演劇隊とは名許《なばか》りの存在になっていた。……毛利は、頗《すこぶ》る複雑な気持ちでラジオに向かっていた。どうしようもない毛利の、現在のやり切れぬ心境を救ってくれるものは、やがて知恵から生れ出《いず》る子供に託するより外に仕方ないような気がした。

暦の上では、もう上巳《じょうし》の節句だというのに吹雪が続いている。東北のこんな気候のように暗く、陰うつな現在の心境も……やがて、いつの日にかは、晴れる時もあろうかと、毛利は、果敢《かかん》ない希望をそこに繋ぐのであった。（完）

# 第三章

# 日本にあった外国人捕虜収容所

須上俊介

# 日本にあつた外国人捕虜收容所　＝一通譯の手記＝

須上俊介

## この手記を發表する動機

……早いものである。敗戦からもう足かけ八年になる。その間、戦争に対する批判、暴露はあらゆる角度からなされた。

我々をあのような塗炭の苦しみに追いやつた一連の軍閥と目せられる将軍や政治家にはじまり……兵隊……抑留者……新聞記者……民間人……小説家たちによる小説やルポルタージュのたぐいが夥しく出版された。その執筆者は、老幼男女を問わなかつた。また、それらは、広く外国人によつてもなされた。八年目の今日となつては一応、出つくしたと云える。

……だが、「内地に於ける外国兵俘虜收容所」について書かれたものは、私の知る限り、いまだない。これは一体どうした理由によるものなのか？「内地に於ける外国兵俘虜收容所」に勤務していた者殆んど誰もが、敗戦直後は「戦犯」という汚名の下に、巣鴨プリズンに投獄されてしまつたことが大きな理由と云えば云えよう。だが、巣鴨プリズンにいる不幸な戦犯者たちからは、数々の手記が発表されているが、それらは総て、「外地に於ける日本人俘虜収容所」についてであり、「内地に於ける外国兵俘虜収容所」について書かれたものは絶無である。何故なんだろう？——もう占領下でもない筈なのに……誰、憚ることなく大っぴらにものの云える時代なのに……。

私は俘虜収容所では通訳を勤めていた。しかし、在任期間が僅か半年足らずであり、その間、幸い俘虜虐待事件が発生しなかったので、私は簡単なる取調べだけで済んだ。だが、その反面いまわしい巣鴨プリズンに辛吟する数多くの犠牲者がいる。私はこれまで彼等不幸な戦犯者の釈放のために最も効果的と思える方法と手段を直接に講じて来たつもりである。そのような自分の行為についてふれることはうしろめたく、私はわざと触れぬ。触れるべきでないと考える。それはさておき現在、私が最も憎悪し嫌悪しているものは、「戦犯者」釈放運動を売名の具にしているやからと、甚だ、形式的にしか仕事をすすめていない一部の役人たちである。ひと口に「戦犯」釈放と云っても、夫々の関係諸外国と微妙な関係を持ち、またはその打開には困難と忍苦を必要とする。だからと云って、「戦犯」釈放運動が現在のような甚だスロモーな段階にあって良いのであろうか？

今でこそ、我々は戦争責任を当時の軍閥や為政者に肩代りし、そっぽをむけたかたちでいるが、我々だって、あの戦時中は、愛国者イコール戦争協力者でなければならぬと自認していたではないか？　我々も広義に云えばすべて戦争犯罪人と云えるのではないか？　（とすれば、我々は当然）この哀れな戦争犠牲者である「戦犯」の釈放運動に全力を傾倒すべき義務がある。我々はもっと積極的にこの運動を推進すべき責任がある。我々が、彼等「戦犯」と同じ骨肉をわけた日本人である限りに於て。

私はここに、一通訳としての手記を発表する。私は最初に断つておくが共産主義者でもまた反米主義者でもない。強いて云えば真実と云うものを唯ひたすら追求している、一キリスト教徒にすぎない。

私は今迄、俘虜收容所についての手記の発表を権威筋から、また或る時はジヤアナリズムから再三求められたがかたくなに拒絶して来た。言論の自由の尊重せられる御時勢となつた昨今、よしどんなことを書いてもかまわぬことかも知れぬが、どうにも私の気持ちが今まで燃焼しなかつたからである。こう云つた云い方をする私の気持ちは頗る複雑ではあるが、直接の…執筆の動機と云えば最近になつて私はこう考えるに至つたからである。第二次太平洋戦争と云う巨大な歴史の一駒として、「外国兵俘虜收容所」と云うものが実在していたにも拘らず、それについての手記や記録が何一つない以上、私はそれを報告する唯一人の「書き手」として若干の障害を排してでも書き残して置くことは神から与えられた使命だと痛感するようになつたからである。

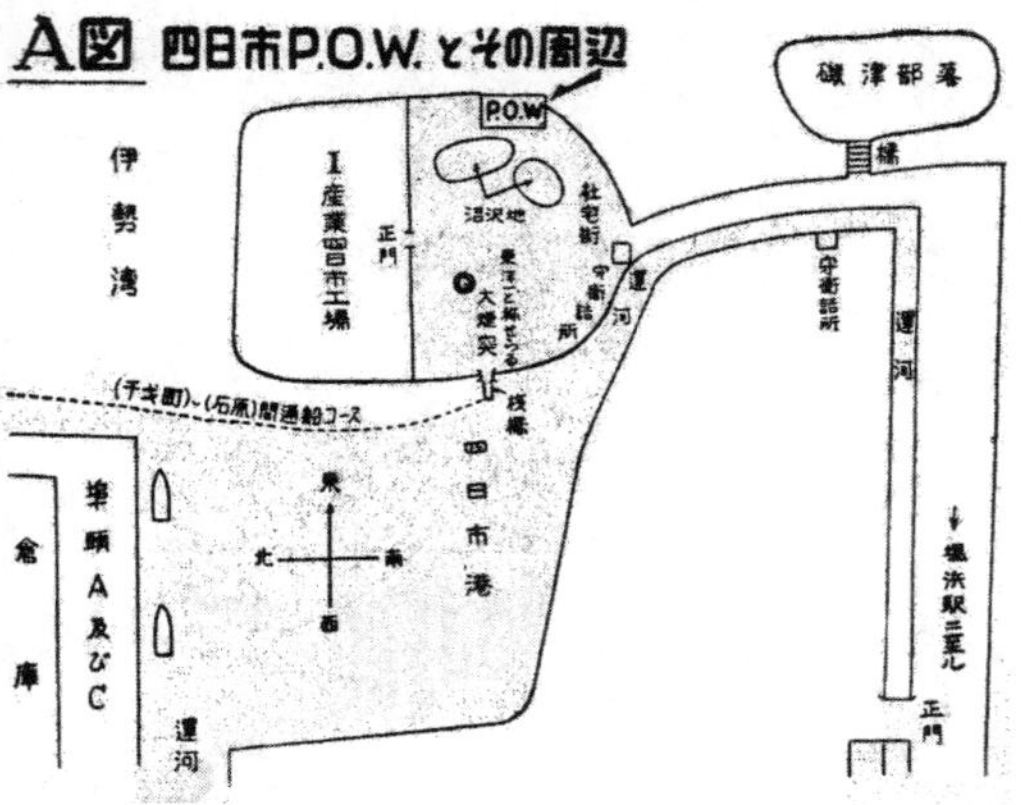

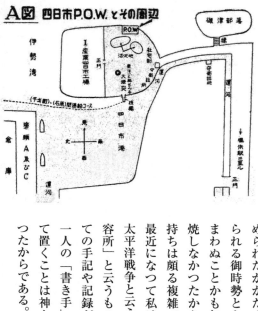

## 四日市俘虜収容所

先ず図表「A」を参照されたい。――私が勤務していた俘虜収容所は、四日市々I町一番地、「I産業株式会社四日市工場」の敷地の一角にあつた。

その地帯は東は伊勢海に、西は鈴鹿山脈に臨んで、景色は絶好であつた。建物は砂浜に建ててあり、健康と云う観点からも申分はなかつた。碧い海と緑の山々を背景にした俘虜収容所。私はその景色に釣合わぬどす黒いコールタール塗りの建物を幾度となく残念がつたほどである。フイリッピンから連れて来た一米国人俘虜が、マイアミの海岸を憶い出すとつくづく述懐したことがあつた。戦前海外旅行をした際、私はマイアミ海岸を訪れたことがあるが、私自身もそれに近い感じをもつたことは確かである。俘虜収容所はたつた一度、高潮に襲われ、一米五〇糎ほど水びたしになつたことを除けば、とにかく、其処は健康地であつたに違いなかつた。

軍当局は、この俘虜収容所の位置については次のような独特の見解を持つていた。

「この工場及びその周辺の敷地は四日市港の沖合を埋立てて建設された、云わば離れ島である。海からの交通路は千歳橋の下から出る通路だけであり、陸からの交通路もまたただ一つ――海軍燃料廠に沿つて塩浜駅に到る一本道だけである。万一、俘虜が逃亡を企てようとしても（軍は大真面目にこんなことを考えていた）先ず、海路は不可能である。とすると、余すところは陸路一本道、しかしこれとても、途中この工場の守衛詰所と燃料廠の守衛詰所が要所々々に置かれてあるから先ず不可能である。もし、逃亡俘虜が塩浜駅に行かず磯部部落に逃げ込んだとしても、この部落自体も離れ島なのだから、そんな心配はない。」

私は地図を示して下士官にそんな説明をしている将校を嘗て見たことがある。だがしかし、あの当時我々日本人と眼の色、髪の色の全く異なる外国兵俘虜がどうして内地で逃亡出来るものか――しかし、今から考えれば、そんな馬鹿々々しいことも真剣に論議されたものである。尤も、俘虜収容所の近くで集団生活をしていた朝鮮人徴用工は度々、きびしい監視の眼をのがれて脱走に成功している。

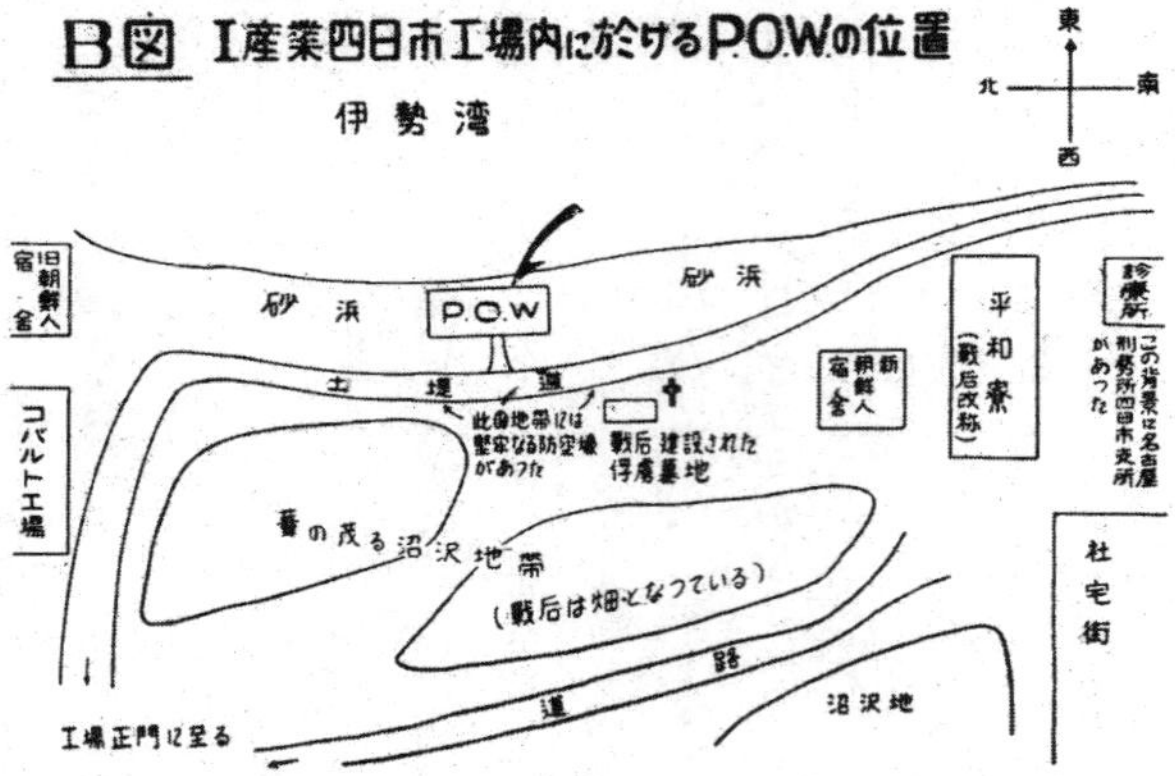


## 俘虜の待遇に對する非難

次に図表「B」を参照されたい。俘虜収容所の前に土堤がある。この土堤は工場の正門に通じ、朝鮮人徴用工、診療所裏にある名古屋刑務所四日市支所の受刑者（彼等までも工場に動員されていた）及び社宅の職員工員たちもみんなこの土堤を通勤道路にしていた。俘虜たちは云うまでもないことである。

俘虜収容所は高い黒板塀でめぐらされていたが、俘虜たちの生活内容はこの土堤を利用するほかの人たちの手にとるように判つた。

或る時、私は富田で魚を大量に買い込み、俘虜収容所に運搬してやつたところ、

「……当節、我々日本人さえ、ろくに魚が食えないのに俘虜たちには贅沢させている……」

と、多くの日本人たちからそんな非難の声を聞いた。次いで、朝鮮人徴用工たちからも、

「第二の日本人である我々半島人より、敵国人俘虜を優遇するとはけしからぬ」と云つた抗議が、朝鮮人徴用工の宿舎の日本人監督に持ち込まれ、その監督が大変困つた事実を私は人伝てに聞いたことがある。

四日市の俘虜収容所へ到着した当時は、いわゆるバタアーンの「死の行進」を体験して来たアメリカ兵が多く、彼等は極度に疲労し、衰弱していたので、彼等を回復させるためには、カロリーの多い食糧が必要であつたし、また、彼等は、或る一定限度のカロリーを確保するために食事のたびに、彼等自身細くカロリー計算をし、まるで、当然のことのようにその補給を我々に主張して来たものである。

軍はよく彼等俘虜たちの要求を入れ、当時の緊迫せる食料事情下にも拘らず、彼等の食糧獲得のため東奔西走していた。

病気や怪我で俘虜の消耗率の多いことはその収容所の成績如何に拘ることであつたし、また、中立国であるスイスの代表の不意の視察に対する配慮もあつたろうが、そんなことよりも私は俘虜収容所に勤

務する総ての日本人スタッフの人道主義精神に深く根ざしていたように信じて疑わない。また一つ家で幾日も同じ釜の飯を食っていると、自然のうちに俘虜たちに対し、親近感が湧いて来て、誰も彼もが「敵国人」と云った意識は疾くの昔にかなぐり捨てていたためであるとも云える。

## 衛兵所内と営倉

衛兵部の兵隊は二週間毎に久居の部隊から交替に来た。私は衛兵所の兵隊とその間、一度も直接に関係を持ったことはなかった。唯正門の出入の度に衛兵に目礼して行くだけである。或る時、こんなことがあった。丁度、衛兵交替があった夜のことであった。夜八時の俘虜の点呼が終って私が正門の横の小門を通って外に出た際であった。其処を通過して、半町も歩いた時であったろうか、後方から一人の衛兵が追って来て、「ストップ！」と叫び、銃剣を私の背後に突きつけた。私は一瞬、息の根がとまるほど驚愕し、突嗟に言葉も出なかった。そして次の瞬間、衛兵は私のソフトを乱暴にめくり上げ、懐中電燈で私の顔を照らし、しげしげと見詰めた後「なあんだ、日本人なのか……」と、そんな捨台辞を残して、踵を返して帰って行ったが、その時、私は何んとも云えぬ妙な気持に陥ってしまった。このトラブルについては次の原因が考えられる。当時、昭和十九年頃と云えば総ての日本人が戦闘帽、国民服、巻脚絆であったのに、私だけは、ソフトをかぶり、背広の上にレインコートを、巻脚絆もつけぬ、云うならば、「非常時型の服装」とはおよそ程遠い恰好をしていた。それ故あの衛兵は、そんな非国民的な者に対する反

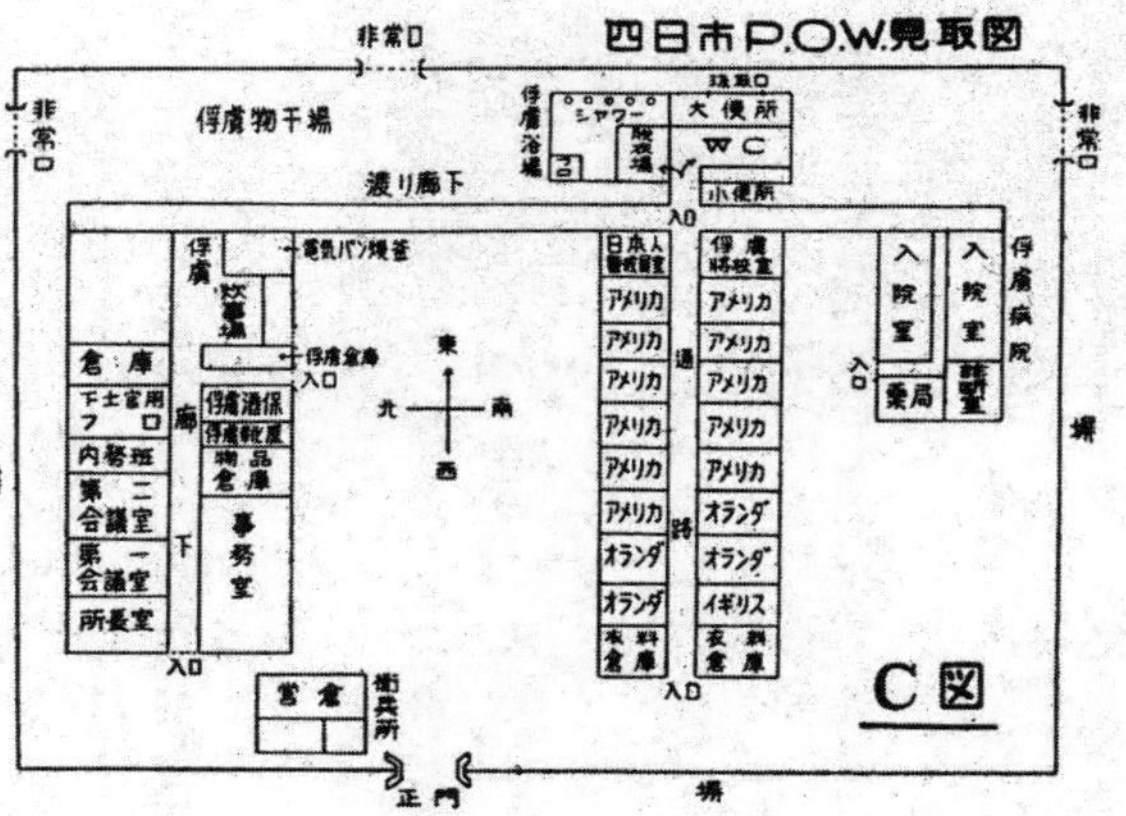


感から私を脅かしてやろうという気になり、あのような厭がらせをしたものか或いはまた、衛兵はほんとうに、俘虜が変装し、脱走せんとしたものの如く誤認したのかも知れぬ。いずれにしても衛兵がそう頻繁に交替せず、お互が親しく交際するようになつていたら、こんなトラブルが起きなかつたと云うことだけは云える。

また、衛兵所内には営倉が設けられてあつた。この営倉は日本人兵隊のためか、或いは、また、外国兵俘虜のためのものか、私はついぞ尋ねる機会をもたなかつた。しかし、私の在任中、此処に放り込まれた者は誰もなかつた模様である。

## 俘虜の酒保設置計画

俘虜の酒保であるキャンテーン（Canteen）は最初、私たちのプランの中に入つていなかつた。ところが、後からキャンテーンを開設することになつたが、そのいきさつについてはこうである。

俘虜はアメリカ、イギリス、オランダ兵混ぜて約六百名いたが殆んど陸軍で、たつた一人の例外として、アメリカのD海軍中尉がいた。俘虜の将校は、国際法によつて使役は免れることになつている。だがしかし、収容所生活が長びくにつれて、十名許りいた将校たちは、無聊なるまま、何かと仕事を見つけ出し、その日その日をすごしていたが、D海軍中尉は最後まで、ぶらぶら遊んでばかりいた。D海軍中尉は四十二三歳前後、私は何故か彼とよく気が合い、仕事が終つてから、暗い事務室の片隅でいろんな雑談に耽つたものだつたが或る夜、彼はこんな相談を私にもちかけて来た。「……退屈……退屈……死にたいぐらい退屈……私は将校室に帰つても陸軍の将校たちとは共通の話題を持たない。収容所内の散歩にも飽々した。何か私もやりたくなつた。と云つて、何をやつたらいいんだろう？　必要な仕事はもうみんな誰かが占めてしまつているし……」

D海軍中尉はしんみりと声を落して云つた。（死にたいぐらい退屈……）と云う彼の虚無的な一ト言がこつんと私の胸に響いて、大きくわだかまつた。

「無人島で一人ぼつちになつたつて、こんな無聊感に襲われることは先ずあるまいよ……」

彼はそうもつけ加えた。

「それじや酒保なんかどうだろね。俘虜と云つたつて工場で働かせる許りが能じやない。よく働かせるためには慰安施設も必要だ。私も兵隊の体験がある。彼等に酒保を作つてやる必要のあることを私は前々から、懸案していたんだが……。どう？　あんたは引受けてくれるかね？」

私はながい熟慮の末、そう云つた。

「そりや、素敵なアィディアだ。それにキヤンテーンのマスターなら私には打つてつけだ」

D海軍中尉は私の提案に対して即座に賛成した。

翌朝、D中尉は酒保に並べる数々の商品の品名と数量をノートして持つて来たが、それを見て私は呆然となつた。

「コーヒー…ジュース…石鹸…ふけ取り香水…シガレット…キャンデー…」

コーヒーなんて戦争が勃発して以来、飲んだことはない…シガレットは配給…石鹸も泥のかたまりのような配給品……。この極度に物資が不足している日本の事情も知らないでと私は二の句がなかつた。

「Your idea is impossible」

暫くして、私は（お前の思い付きなんて不可能なことだ…）と云つた後、私は国内の物資不足の事情を話そうと思つたが、非常時下、そのようなことについては軍からかたく緘口令が布かれていることに思いあたつた。

「Why?…」

何故にとD海軍中尉は訊ね返して来たが、その時私には遂にうまく答えられなかつた。

三日後、私は十人の俘虜を連れて、街へ買い出しに行つた。と云つても別にこれと云つて何も買えないことは、初めから判つていた。しかし、私は暗黙の裡に、国内の物資不足の事情を彼等に報らせてやらなければ甚だ相済まないような気がした。例え、彼等が知つたとて、拘禁の身では日本の国情を自国にスパイするなんて手段方法は皆無だと、私はそんな結論の上に立つた上での買い出しだつたのである。

（余談だが、彼等を街へ外出させたかどで、後日、私は憲兵から厳しく取り調べられ、さんざんいじめ抜かれた…）とにかく、その日の買い出しでの収獲と云えば玉蜀黍の実を電気焼にした一袋十銭の菓子だけであつた。

それは食べていると口がカラカラに乾いて来る頗る不味い菓子だつたが、それでも彼等たちには結構喜ばれた。

## 俘虜内務班とS軍曹

俘虜六百名の中、アメリカ兵三百、オランダ兵二百、イギリス兵百の割であつた。将校以上はアメリカ兵八、オランダ兵一、であつたと記憶する。

彼等の内務班と称するものは蚕棚の二段式で筵敷であつた。この内務班の建設については、S軍曹の並々ならぬ蔭の努力が秘められている。S軍曹は工場側で建設したこの内務班に再三再四、ダメを出し、当時としては完璧に近いまでに修繕させた。そのためにI産業四日市工場も工場の資材を惜し気もなく放出し尽力した。雨漏り百数十箇所を微細に点検し、ひとつひとつ丹念に修繕させたのもS軍曹である。俘虜収容所のスタッフでさえ、何故にS軍曹があそこまで俘虜たちに肩入れをするかと訝られるほど、彼は全力を集中して、収容所改善に従事した。軍曹は俘虜の利害関係に関することなら、どんなことでも飽迄俘虜側に立つて、工場側と折衝し、度々、建設課長や勤労課長と喧嘩口論をした。そんなS軍曹であつたにも拘らず敗戦後、S軍曹は重刑に処せられたと聞く。

俘虜の点呼は、朝は広場で、夜は内務班で行われた。その時の号令はすべて日本語を使用し日本軍隊式であつた。

## 八〇パーセントが榮養失調

俘虜病院の院長は、ロシア系米国人軍医であつた。そのほか、病院としては俘虜の衛生兵として八名いた。がしかし、この衛生兵たちは、工場で立ち働いている俘虜の巡回診療に出払い勝ちで、病院にあつて、実際に前記米国人軍医を補佐していたのは日本人のT伍長であつた。T伍長は頗る温厚篤実なひとであつたが、戦後はやはり巣鴨プリズンに幽囚の憂目を見た。（現在、T伍長は肺結核で市立病院に入院中と聞く。お気の毒でならない。）

病院に収容の俘虜は八〇％以上が栄養失調患者であつたように思う。みんな幽霊のように蒼白な顔をし、一歩歩くのさえも頗るけだるそうに見受けられた。しかし、彼等の総てが、四日市の収容所へ到着するまでにすでにそんな状態であつたので、彼等を早急に回復させるに良い方法はこれと云つてない模様であつた。当時は栄養失調と云う言葉はなく、単に衰弱と云つていたように思う。戦後、我々も大なり小なり栄養失調的病状を体験した。実際いつたんあの状態に陥ると、あとからいくら栄養を注入しても余り効果のないことは衆知の事実である。ましてやフイリッピンからのながい栄養失調患者をあの物資欠乏の際、充分なことはしてやれぬことは当然であつた。しかし、この当然すぎる事実も、敗戦後戦勝国民から取調べられた際、そのような条件はすべて無視されたそうである。しかし四日市の俘虜収容所に関する限り、賄係の兵隊は、魚類や牛肉など可能な限り補給し、彼等の体力改善のためにベストを尽くしていた。

工場労働を厭う俘虜たちは、よく偽病を起して病院入りをしたが、日本の兵隊はそれと知つていても格別、咎めるふうもなく、わざと見逃していた。何故なら、俘虜の気質として、じめじめした陰気な病院生活よりも、少々辛くつても工場労働に従事し、陽気に騒いでいた方が、まだしもましだと、彼等は直ぐ確認するに違いないことを日本の兵隊は見抜いて知つていたからである。

## 虐待はしていなかつた

私にとつて、俘虜収容所の憶い出はそれからそれへと尽きない。工場に於ける俘虜労働について音楽会・クリスマス等の様々な行事について、敗戦直後の俘虜の情況について……それらについては次回に譲る。

日本に於ける俘虜収容所の実態は戦争裁判の際、残虐陰惨そのもののような印象を植え付けられたが、実際は仲々、朗らかで愉快な生活もあつたと云うことを、ここに改めて強調して置きたいと思う。俘虜は銃を捨てたシビリアンである。我々はそのことを先ず何よりもよく、胸に畳み込んでいたし、また、現に軍の上層部からも、「俘虜を敵対視する日本人からの危険を避けるために彼等を保護するよう」にとの指令も受けていた。毎日、一つ釜の飯を食い、幾日も起居を共にしていると、彼等に対して自ら情味も湧いて来て、我々はよくこんなことを語り合つたものである。

「……あの中にはサンフランシスコの床屋もいる。ニューヨークの靴屋もいる。ボストンの八百屋もいる。ニューオルリンズの雑貨屋もいる。ロンドンの小学校の先生もいる。我々と同様、いつたん除隊となればみんな善良な小市民たち許りだ。眼の色と顔の色と髪の色とが少々違つているだけで同じ人間同志じやないか？

こうして毎日顔を合せていると、どうして、我々は不幸な戦争をしなければならないのかと、そぞろ懐疑的になつて来る。……とにかく戦争だけはもうごめんだね。どんなのつぴきならぬ理由があつたにしても……」

（次号に続く）

〔『話題』第115号（話題社、昭和二十八年十一月発行）掲載〕

# 内地に於ける俘虜収容所の実態（続）

須上俊介

## 一つのまえがき

……この続稿執筆中、私は或る偶然なきつかけから「巣鴨プリズン」の戦犯者名簿を入手した。否、こう云つた書き方は正しくない。私は、その名簿を得る可くあらゆる努力を惜しまなかつた。その結果、私はそれを入手することが出来たのだつた。

その数八百七十名——

私は眼を皿にして一つ一つチェックを試み五度も丹念に点検した。あの悪夢の時代から既に十年が経過している。俘虜収容所の生活については異常なほど、まざまざ記憶に残つているが、その当時の目ぼしいスタッフ以外姓名はぼやけている。しかし、私は五度目の点検で、当時の四日市俘虜収容所から拘引されたスタッフの姓名が見出されないことを知つてほつと安堵した。根こそぎ拘引されたのに、俘虜自身が提出した陳述書の再審の結果、或る者は減刑され、或る者は無罪となり、また或る者は受刑満期のため、すでに釈放されたのに違いない。真実、私は心のなかに絶えず、わだかまつていた心のしこりがいつぺんに解きほぐされたような気がした。嬉しかつた。喜びに堪えなかつた。カトリック教徒である私は直ぐ教会に駈けつけ、ながいこと天主に「感謝の祈り」を捧げたものだつた。

……われらは罪人にて救わるるに足らざれども、贖罪のいけにえとならせ給えるイエスの御功徳によりて施し給う救靈の恵みを、われらのため、及びわれらの親族、恩人、友人、またわれらの敵のためにもこいねがい奉る。

聖壇にぬかづき、祈つている時、私は何処からともなく聞えて来る神の声を聞いた。……

「……お前の身近な人々の釈放を以てお前がこれまで陰に陽にやつて来た戦犯釈放運動に、終止符を打とうとするのか?」

私は、何か心の間隙に痛い楔を打ち込まれたような衝撃を覚えうろたえた。――

「文芸」十一月号に火野葦平氏の「戦争犯罪人」が記載されている。この小説は広く朝野の視聴を集め、改めて、戦犯に対する認識を新たにした模様である。又、松竹では、「壁厚き部屋」と云う題名の下に、戦犯の絶望と業苦の世界を描いた映画が企画されていると聞く。

いずれにしても、戦犯釈放運動は我々日本国民の名に於て、もつと積極的に効果的に大々的に展開されなければならないと思う。――

以下、前稿にて果さなかつた俘虜収容所の数々の憶い出を書きしたためることにする。……

## 俘虜警戒員

俘虜の警戒員は常時三十名いた。俘虜は六百余名いたから二十名につき一人の割合である。二班にわかれていた。彼等の班長はいずれもI産業のその工場では「職長」の位置にあり、そのまま収容所に転出して来たわけである。班長以外は工員上りであつた。

或る時、実質的に収容所を切り廻していたS軍曹が私にこんなことを不平に呟いた。

「須上君…噂だが……僕はまだその確証をつかんでいるわけではないのだが……勤労課が警戒員として推薦して来た連中は、職場で役に立たない奴だとか、嫌われている奴だとか、とにかく、所属の現場から追放されて来た人間ばかりだと云うんだがね。……もつとも邪推すればそんなふうにも考えられる。……現場で大切にしている工員を工場の第二線たる収容所なんぞに、やすやすと寄越すわけがないからな……須上君、僕には勤労課の収容所に対する、そういつた観念が実に気に喰わないんだ。収容所の警戒員たる者の資格は少し大袈裟な表現をすればだな、第一にゼントルマンシップを持つた男でなくちゃならない。戦争ッてものは百年も二百年もつづくものじゃないから、終戦後本国に帰つた俘虜たちの物笑いになりたくないんだ。だから俘虜に最も接近する時間の多い彼等警戒員が、不良工員じゃ困るんだ。とにかく俘虜にそんなことでナメられる原因をつくりたくないんだ。……君、一度、警戒員に対するこんな風評が事実かどうか調べてくれないかね」

私はS軍曹からそう命じられたが、別に調査もせずそのままに放つていた。仮に、彼等が不良工員であつたにしても、勤労課長がオイソレとS軍曹が希望する通り、警戒員の首のスゲカエを実行しようとは、到底考えられなかつたからである。

他日、S軍曹はこのことを忘れず私に訊ねて来た。

「どうだつたね、結果は……？　この間、君に頼んだ調査の件についてだ……」

突嗟、私はどう返事をしてよいのか困つた。最初に断つておくが、私はカトリック教徒であり、嘘は罪であると誰よりも深く肝に銘じている私だから、出来る限り嘘は避けたかつた。と云つて放ッておいたでは、ただではすまない。またこの場合、結局私は警戒員の人格を擁護するための嘘は許されるべきだと神の厳しい戒律をそう身勝手に解釈し、苦しい嘘をついた。

「収容所の警戒員が現場に不良工員だとの噂は全く根も葉もないデマですよ。現場の課長がぢかにあたつて確めたのですが、その銓衡の規準たるや（比較的英語の出来る者）と云うことにあつたそうです。……私もそう信じます。……例えば、私も形式であるとは云え、勤労課厚生係の職員と云う資格で工場の籍に入つている者です。そして、改めて私は、この収容所の通訳として派遣されているのです。その風評通りだとすれば、私も彼等と同様に職員なるが故に、この収容所の通訳へ都落ちして来たとなり、それでは、私も黙つちや居れませんからね」

私はそんなふうな嘘をついてS軍曹を納得させたものだつた。

警戒員は国民服に巻脚絆をつけ、木刀を持つていた。警戒員が着ているスフ混りの、よれよれの国民服に比較して、軍が俘虜のために予め用意し支給した彼等の服の布地は上等であつたので、いつしよに歩いて両者の姿を見るとまるでドンキホーテとその従卒たるサンチョパンサみたいだと或る人が、そんな蔭口を叩いたものである。事実、俘虜一人に警戒員一人が附添つて歩いていると云つた場合は、時にそんな印象が深かつた。

木刀が俘虜に対して加えられたことは嘗て、一度もなかつた。それは威嚇のためのものでもなかつた。又、護身用のためのものでもなかつた。木刀は警戒員室の暖炉の火をかきまわすためのものか、彼等の杖代りにしか用いられなかつたようである。私はそれで良かつたと思つている。

## 工場の抵抗《レジスタンス》

俘虜収容所は云うまでもなく軍の管轄下にあつたから、収容所から来る夥しい命令の数々は軍からの命令だとして工場が受入れなければならなかつたことは当然であつた。それは絶対服従を意味する俘虜収容所からは、次々と矢つぎ早に工場に対して注文や希望が述べられた。収容所側としては、「俘虜を国際法の規準に照らして完全に保護する義務」があつたので、その注文や希望のすべては俘虜のためのものであつた。雨漏り個所修繕の件……医療器具、薬品補給の件……浴場改築の件……等々毎日数件は下らなかつた。しかし工場側としては、或る点まで素直に聞いていたが、(こんなに物資が欠乏している状勢下をも顧みずにする、軍の要求とは云え、余りに無体すぎる)と遂に堪忍袋の緒を切つた。工場の幹部は表面、顔に現わさなかつたが、よく工場と収容所との連絡員をつとめさせられた私は、このただならぬ雰囲気を早くから感知していた。

そんな或る日、或る件について、工場側は俘虜収容所の注文を正面から拒絶する挙に出た。すると、俘虜収容所はかねてからの計画通り、俘虜を工場の使役に出すことを停めてしまつたのである。この点については前々から度々収容所から工場側へ警告されていたことでもあつたが、工場側は単なるオドカシと見くびつていたから驚き、めんくらつた。

収容所から俘虜の労力の提供を拒絶されて、工場はその機能に大きな障害を生じてしまつた。実際、俘虜たちの機械に対する頭脳の働きは我々日本人とは比較にならぬぐらい秀れていたし、また、それに工場側はそれに期待しフルに活用していた際であつたからである。工場側は収容所へなんべんもお百度を踏んだ。そして、その結果、この事件は程なく元通りに落着いたが、工場の幹部は腹の虫をおさえかねた。

そこで工場の幹部は隠密裡に大阪の本社を動かして、本社から四日市の俘虜収容所の本部たる大阪の本所のZ少将にかけ合に行き、交渉した結果、収容所の中心人物であつたS軍曹を突然転勤させてしまつたのである。そして、S軍曹の後任として、間もなく、積極的なS軍曹とは全く性格の反対な、M軍曹が配置されて来た。

この勝負は一応、工場の勝利に見え幹部たちは凱歌を挙げ、その鼻息は荒かつたが、工場側の苦情を聞き入れS軍曹を交替せしめたZ少将自身は内心非常にこのことで心証を害したことも事実である。

「……民間の者共が軍の人事権にふれるなんて不都合千万だ」とZ少将が怒つていたと云う話を人伝て

に私は聞いた。

この紛争の余波は終戦まで、ずうつとながく根をひき、結果に於て外の面に祟つて工場側の負となつた。

## 俘虜管弦樂團《P・W・O》

……俘虜は働かせる許りが能じやない。よく働かせるためには何か慰安を与えなければならぬ。——

最初この事を提唱したのは、すこし口幅つたい云い方だが、私に外ならない。

俘虜が機械の騒音とI産業は肥料工場だけに燐鉱石の砂埃りのなかで汗水たらして、一日中働いて来ても、その帰り先が殺風景な収容所ではほんとうに可哀そうだと私は前々から痛感していたからであつた。

俘虜と云う彼等の特種な立場を考慮に入れても、この慰安の件は捨て置けぬと思つた。厳格を以て鳴るS軍曹も賛成してくれたので、私は早速、勤労課長のK氏にこの件を申入れたが途端、K氏の表情は烈しく変つた。

「君は何んたることを云い出すんだ。いいかい、この非常時下、我々日本人でさえ、慰安娯楽と云つたものは極度に犠牲にしている現状であることは君もよく承知の上ではないか?……まして、俘虜に……敵国人である彼等に慰安とは何んたることだ!」

私は頭ごなしに一喝喰つた。——

（写真）モンテンルパから
巣鴨プリズンへ

「そうおつしゃれば、私は一と言も反駁の余地はありませんが……」

そう答えたものの、私は何か割切れぬものを心に残した。私は噂に彼等が男色や自慰行為やその他、不健全行為に耽つていたことを聞いていたので、そんな彼等の精力を発散させるためには、是非共、適当な慰安が必要だと私は思い詰めていたからである。希望のない暗澹たるその日暮らしの彼等の精神衛生のためにもこのことは焦眉の急だと思つた。又、現に神経衰弱に陥つている俘虜も少くはなかつたのである。

私はその頃あつた青年学校の校長のA氏に頼んで、もう廃棄処分に附しても良いようなボロボロの楽器を内密で借り受けた。

青年学校は勤労課長の管掌下にあつた。

人の良いA老校長は楽器を渡す際、こう私に囁いて云つたものである。

「K氏が反対しているのにも拘らず、私が賛成し、青年学校の楽器を君に渡したとあつては、後からどんなお叱りをうけるかも知れん。例え破れた楽器とは云え一応工場の備品台帳に載つている品物なんだからね。だから君が無断で持ち出したことにするか、……しかしそう云うことにしたつて、結局は私の備品管理の不行届をK氏に責められそうだね」と。

老校長は豪快に笑つた。……

「……無断持出イコール泥棒つてことになるけれど、君の場合はいいよ。工場の敷地内に於て、楽器を

青年学校から収容所に移動させるだけの話だからね。私物化するんでないからいいさ。勤労課長が産報倉庫からいろんな物資を持ち出すそうだが、それに比べればずうつと君の罪は軽いよ」

老校長は私の云いたいところをズバリと云つてのけた。

楽器はサキシホーン・トロンペット・ドラム……等々、廃品ながら一と通り揃つていた。

私はそれらの楽器の修繕の一切を彼等に委せた。彼等は驚くほど短時日にそれらを仕上げた。やがて「P・O・W管弦楽団」が編成された。バイオリンは手製のものが附加された。そして最初の演奏会が本式に挙行された。

曲目は――
一、ベルリオーズの幻想交響曲
一、シューベルトの野薔薇

一、ヘンデルの大協奏曲

であつたと記憶する。そして、彼等は、私たちのアンコールに応えて「ショパンの葬送行進曲ソナタ」を演奏した。……

この事が契機となつて、運動用具が今度は工場から支給された。彼等はよく遊び、よく働いた。そして、急に快活さと生気を取り戻した。工場の能率は目に見えて増進した。

しかし、彼等のＳＥＸの解決方法だけは最後までどうしようもなかつた。

## 敗戦と俘虜

……各地に於ける日本軍の敗戦のニュースを俘虜は実によく知つていた。我々がどんなにひた隠しに隠しても皆目、無駄であつた。彼等の情報は、一般人が毎日の新聞紙上で転進と云つたような文字から判断する憶測的なものではなく、もつと詳細を極めたものであつた。

連合軍に凱歌が挙つたような戦闘があつた場合、彼等の態度はがらりと変るのが常であつた。それはもう空恐ろしい程であつた。その頃、私は深夜、ひそかに米軍からの日本語放送を聞いたものだつたが、その翌朝には、私が前夜聞いた放送内容と同じ情報を俘虜たちが知つているのである。そんな日、工員便所を見廻すと、必ずと云つても良い位、彼等の勝利を高らかに誇る英語の落書が書きなぐつてあつた。

日本の敗戦の形相が深刻になるにつれて、俘虜の不服従的な態度は日増しに目立つて来た。

俘虜に対する情報提供者として最初、睨まれたのは私だつた。通訳としての立場からなら同僚のK君もそうであるべき筈である。しかし、私の場合は私が語学を専攻し、戦争直前、米国を訪れた事実があると云つた私の前歴が禍した為であつた。拷問こそ会わなかつたが、私は度々憲兵、特高に取り調べを受けた。この時没収された書籍を私はいまだに惜しいと思つている。

しかし、私とて日本人のはしくれである。決して祖国の滅亡を期待するような敗戦主義者ではなかつたし、その頃の誰でもそうであつたように、私自身も神州の不滅を信じ、皇道精神を謳歌して疑わなかつた事。俘虜に対する人情とそれとは自ら別個に考えねばならぬと普段から弁えていた。

私に対する嫌疑は間もなく晴れたが、そのニュースの根源は依然として不明であつた。この件に対して軍部が出した結論は、

一、朝鮮人徴用兵工が何処からか入手したニュースを作業現場で俘虜に提供するのだろうと云う説――

一、表面に現わさぬが、実際に日本語のよく判る俘虜がいて、我々のひそひそ話を盗み聞きしているのかも知れぬと云う説――

一、或は又、俘虜が我々の眼を盗んで短波受信機を組立て持つているらしいとの説――

この三つの説が論議されたが、いずれとも判らぬままに敗戦の日を迎えた。――

今、思い出しても憤怒を覚えてならぬのは、愈々、敗戦と決まり、米軍飛行機が飛来して来て様々な食料品を収容所前の広場に投下して行くようになつたが、その度に米国旗を振つて最先に歓迎の意を表したのは、過日、「俘虜に対して慰安とは何か?」と私を威嚇し、真向から反対したあの勤労課長のK

氏であつたのである。私はその時から、この無節操な便乗主義者を心から軽蔑した。

やがて戦犯追及の手が伸びて来た。K氏はいち早くその工場を退社すると、京都へ逃げ隠れしていた様子だつたが、俘虜はよくK氏のそんな豹変ぶりを承知していたので、陳述書に戦時中の彼の言動を記述した。そのため、米軍憲兵に拉致せられ、誰よりも峻厳な取調を受けたと聞く。

K氏に代つて勤労課長の職を受け継いだのは、小学校の校長上りのY氏であつた。通訳の同僚のK君がいよいよ巣鴨プリズンに拘引された直後、私は残されたK君の家族の生活保証を懇願したが、

「戦犯の家族のめんどうが見られるものか――」

と、にべもなく拒絶されたものだつた。

この様子を逐一見ていた収容所の一日本人は、

「何たる薄情な奴だ。よし、おれがぶん殴つてやる――」

といきりまいたが、この事実を当のY氏は知るや知らずや――。

このY氏は、現在、ちつぽけな会社で名目だけ重役をしている。同じ街に住んでいるので私は度々、顔をつき合わす。いつも愛想が良く弁舌もさわやかな中老の男だが、私は生涯、この男を信用しないであろう。

## 俘虜の墓地について

戦犯調査が一段落ついた頃、私は収容所で他界した俘虜のために墓地の建設を思い立つた。この件には私がふだんから兄事している厚生係のY君が絶大なる支援をしてくれ、Y君は設計を建築家のO君に頼んでくれた。

墓地は一ヵ月かかつて完成した。墓碑銘の草文は私が起草し、その翻訳は大阪外語出身のK君がしてくれた。そして、更に私が後から、それを補筆した。せつかくこんな立派な墓地の完成を見たのだから、当時、まだ日本にいた元俘虜たちや進駐軍の将校を招待し、慰霊祭を挙行してはどうかとの声が起きて来た。

そして、私がその準備の一切を委せられたので、カトリック教徒である私は当然の方法として、カトリック教会のR神父に相談した。

R神父の意見として、この場合は、進駐軍の意見を尊重すべきだとのことだつたので、私は直ぐその足で、名古屋に従軍僧を訪れた。従軍僧はプロテスタントだつたが、式の次第、方法はすべてこの人の指図に従つて施行されることになつた。

当日、米軍関係者二十五名、その外工場の主任、課長以外に四日市市長や、財界政界の知名の士を混えると実に招待者は百名近くになつた。接待係には可祝連の芸者が来てくれた。そして、進行係は私が果した。

式後、講堂で盛大なスキヤキとダンスパーテーが行われて、この慰霊祭の幕を閉じた。

このために工場が支出した金は尨大な額に上つた。最近、私はこの墓地を訪れた。悲しいことに荒廃に委せている。その時、私は写真撮影を忘れて来たので後から工場の某君に依頼したが、「忙しいから……」と云う理由の下に断られて来た。私は某君を怨む気になれない。某君の心の奥底には、「今時、アメ公の墓地の写真なんか可笑しくて撮つていられるかい……」と云つた意識があるからなんだろう。私にはよく判るのである。総てが時勢のせいであろう。

しかし、私には何かふつと侘しい気持にとりつかれたことだけは確かだつた。

## 戦犯釈放の朗報!!

この稿執筆中の今日——十一月八日、ふと私は朝日新聞で次のビッグ・ニュースを発見して、眼を見張つた。

ワシントン三日発＝AP　土田豊法務省中央更生保護審査会委員長は現在服役中の日本人の戦犯全部の釈放を要請するため目下欧米歴訪の途にあるが、三日ワシントンAP記者に対し「米国は今後日本占領当時米国側の手で収容された日本の戦犯を特赦する措置を急速にとるよう努力するであろうと思う」と言明して……

晴天の霹靂だつた。私は思わずわあッ！　と快哉の叫びを挙げた。そして、文字通り欣喜雀躍した。敗戦後、私の肩にのしかかつていた重圧が一辺に飛散したような気軽な気分になつた。非常に微力だつたが、戦犯釈放に努力して来た甲斐があつたと私は手放しのまま泣けて泣けて仕様がなかつた。男が泣く時はこんな場合であろうかと私は思つた。神は在る天主の聖寵を信じていて良かつたとも思い返した。私の最後の願いは唯一つ……戦犯釈放の時期がせめて正月までに……と云うことだけである。今後こそ、私はぐつすり眠れそうだ。九年ぶりに……。

もう二度と我々は戦争のあやまちを繰り返したくない！　もう二度と我々は俘虜收容所を作つて欲しくない！　もう二度と我々の同胞の中から、今次大戦の最大の犠牲者であつた戦犯を出したくない！

〔『話題』第116号（話題社、昭和二十八年十二月発行）掲載〕

# 第四章

# 瀬田栄之助・万之助の実像を追って

志水雅明

## 瀬田栄之助との偶然の出逢いから

昭和45年11月末、名古屋の大学に通学していた私は学校の帰途、四日市中心部の白揚書房に立ち寄った。その時、店頭に平積みされていた新刊書、瀬田栄之助『いのちある日に』（講談社、昭和45年11月）が偶然目に入り、手に取ってみたが生憎、財布の中は空っぽに近かった。講義終了後、学校近くの古書店で所持金を使い果たしていたのである。そのため『いのちある日に』の購入を控え、そのままになっていた。

後に同書が、四日市市立図書館に所蔵されていることを知り、また現在では廃刊になっている年刊文芸雑誌「芸術三重5　瀬田栄之助特集」（三重県芸術文化協会、昭和46年5月）の存在も知ることができた。これらを読むことで瀬田栄之助は、身近な存在になって来てはいたが、丹羽文雄、田村泰次郎ほどではなかった。

そして月日が流れた。

市役所勤務帰りのある日、車で立ち寄った古書店で偶然にも『いのちある日に』を発見し、即購入。探し求めていた初版本である。大学卒業後は主に郷土作家や郷土ゆかりの文学作品に関心を抱き極力、これらに関する著作物を新刊書・古書を問わず買い集めていたので、一冊きりではあるが『いのちある日に』は貴重な蔵書となった。

そしてまた、月日が流れた。

昭和時代が終わり平成時代に入って次々と、瀬田関連資料や情報が集まって来るのが、不思議であった。その一つ目は、平成4年5月のある日の新聞で、当時桑名郡長島町在住の岡本耕治氏が『曾良長島日記』を自費出版された記事を読み、即座に岡本氏へ入手希望の旨を申し伝えたことに端を発する。進呈するとの快諾を得て、指定の場所へ伺った。その著書以来、曾良研究家としてにわかに著名となられる連句作家の岡本氏は、私の畏友の一人となった。岡本氏と『曾良長島日記』ゆかりの長島大智院が後に、拙著『不撓不屈の俳人　天春静堂』（志水舎、平成9年）に連動することになるのは奇縁であるが、ここでは詳細については触れない。

その岡本氏があるとき、「子孫が他市に移住されるため、長島の佐藤昌胤《しょういん》画伯の旧居が解体、処分されるという情報が入ったので行ってみると、大半は長島町に譲るが、処分するものの中で欲しいものがあれば差し上げる、と言われたので貰ってきた。あなたなら何かに活用できるでしょう」と、一袋の紙袋を頂戴した。その中には種々の古い雑誌や同人誌類が入っており、特に「近畿春秋　創刊号」（伊勢新聞社、昭和21年11月）が目に留まった。初めて見る雑誌であり、しかも瀬田栄之助のデビュー作ともいえる近畿春秋賞2等入賞の「祈りの季節」全文が発表されていたからである。

ところが、昭和21年と言えば敗戦直後のこと。当時の雑誌は紙質が悪く、活字も小さい。しかも画数の多い漢字の大半の角が潰れていて、非常に読みづらいといった欠点があった。そのため途中で読むのを断念したままにしていたのであった。

後に知ったのであるが、「近畿春秋　創刊号」は貴重な稀覯雑誌で、現時点でも三重県立図書館の瀬田栄之助旧蔵誌と私の所蔵との二冊しか確認できていない。ちなみに、伊勢新聞社記者に問い合わせたところ、昭和34年9月の伊勢湾台風ですべての資料が流失しており、是非とも「近畿春秋　創刊号」を譲ってほしいとまで言われたものである。

ところで、伊勢湾台風を題材にした画家で知られる佐藤昌胤（１９０７〜７０）は中学時代、旧制富田中学校（現四日市高校）に編入学し、卒業後には文学を志して富中の先輩丹羽文雄を慕って上京するが絵画に転向して曾宮一念に師事。昭和3年に「晩秋の丘」が帝展に入選するなどし、後には春陽会の会員となった。

若き佐藤昌胤が文学を志していたことといい、瀬田栄之助が若い頃、東京に丹羽文雄や田村泰次郎を訪ねていたことといい、不思議な縁を感じざるをえないのであった。

佐藤昌胤が晩年住んだ屋敷は改修され、桑名市の情報交流施設「又木茶屋」と称されており、ギャラリー兼休憩所として国道一号沿いに建っている（現在は休館。トイレのみ使用可）。

そして、二つ目のこと。

平成9年6月22日〜7月6日にかけ、三重県立図書館で「しなやかな作家たち 今井貞吉・瀬田栄之助・浅井栄泉」と題して三人を追想する企画展示会が開催されたが生憎、観る機会を失してしまった。しかし、その展示会の始まる以前に、県立図書館が栄之助の遺児、由美子さんから「瀬田栄之助資料」の寄贈の申し出を受けたことを知っていた私は、受け入れのための整理前の全資料を閲覧させてもらい、最低限の資料をコピーし保存してきた。中でも雑誌『話題』第115・116号〈大阪〉話題社、昭和28年11・12月）誌上の「日本にあった外国人捕虜収容所」及び「内地に於ける俘虜収容所の実態 続」の正続2編の記事や同人誌「人間像」第72号、第84・第85・第86号（昭和40年11月、45年3月・6月・10月）の作品は、その後、私が瀬田栄之助を紹介するための重要資料ともなる。

その瀬田紹介の一つが、平成13年に刊行となる『四日市市史 第19巻 通史編 現代』である。文学分野の執筆に際し、私は当然、瀬田栄之助を初めて市史に登場させた。市史編纂室の担当者へは、県立図書館で聞いていた瀬田栄之助の遺児にして愛娘である森本由美子さんの連絡先を渡して訪問を頼み、市史の口絵には瀬田の肖像と、没後に授与されたイザベル女王勲章の写真を載せて貰ったのである。この時点で、私自身は森本由美子さんとは直接面識はまだなかったのであるが、そのうち何時かはお会いするであろうとの予感があった。

三つ目は、旧派の俳諧師片岡白華（1865～1941）のことを調査中に、その子孫にあたる片岡邦男氏と偶然にも、市立博物館で催された「我が家の愛蔵品展」を介して知友となり、白華の愛弟子安垣相泉（1878～1965）の四女安垣ホシさんを下海老町に訪ねた際、相泉資料を閲覧、拝借したのであった。その中にガリ版刷り和綴じの、紫陽花会編「館莎草遺稿集 渓風」（昭和17年）が混入していた。新派俳句集であるそれを相泉がなぜ、所蔵していたのかは不明であるが、私にとっては思いがけない発見であった。

「館莎草遺稿集 渓風」の編者紫陽花会は三重村（現四日市市三重地区）出身の青年、山本龍英（後の磐城菩提子）、館安（号莎草）、稲垣武夫（号游子）、大森悦男（号治風）の四人が同人となって興した俳句同好会である。昭和17年4月に館安が戦病死した訃報を聞いた山本龍英が、旧制富田中学校時代に館安を介して親友となった瀬田栄之助を午起海岸に呼び出し、「館莎草遺稿集」発行を相談したのが発端であると、同集の「編集後記」で述べている。

しかも出来上がった遺稿集の内容は、俳誌「かいつむり」などに発表した「館莎草遺稿」と、杉本幽鳥の「手向草」、梶島一藻・杉本幽鳥・伊藤韃平の「遺句所感」、稲垣武夫・大森悦男の「追悼文」、三重村村長の「弔詞」などのほか、瀬田栄之助の追悼文「愉しい哉　館安君」「館安君ニ捧ゲル綴方」の二文が見られる。

昭和17年といえば、瀬田栄之助は日本郵船会社社員時代で、編集後記には「瀬田栄之助君は安君や僕と同級で親友であります。この計画を八月、午起で話した処、非常に乗気になって下され、紙の心配まで煩はした事である。新しい原稿紙六百枚ほど出され、この裏へ刷れと言はれた時は、涙がこぼれる程であった。（印刷の中、二十余部はこの原稿紙で出来た。）日本郵船に勤務の傍ら小説を書き、此間も自宅（北町）を訪ねた時に、雑誌現代からの依頼原稿を書いて見えた」と、編集人の菩提子が述べている。

ちなみに杉本幽鳥は当時、愛三商船四日市支店長代理を務めていて、新会社四日市港運株式会社設立に向け奔走中であり、後には山口誓子主宰の大俳誌「天狼」創刊同人の一人となるほどの著名人である。また梶島一藻は戦前の北勢俳壇を牛耳った俳誌「かいつむり」の主幹である。伊藤韃平も「かいつむり」誌上で活躍する多度代表の俳人である。磐城菩提子は、山口誓子が白子に仮寓した時期に側近として活躍した俳人として著名である。

なお余談であるが、館莎草は、私の姻戚関係になる、三重郡菰野町大強原の旧家太田家から出た館通因を祖にしており、戦死直前に「俳句研究」に発表した遺句「大まかに死を思ひつゝ秋重ね」などは「戦線俳句」として広く知られた。

このように、錚々たる俳人として活躍する人物らと並んで名前を連ねた瀬田栄之助の戦前の文章に遭遇した私は、その存在意義を更に身近に感じざるを得なくなったのである。そしてこのような文学的環境にあった瀬田を羨ましく思うと同時に、彼の行く末を期待したりしたのであった。

四つ目は、貴重な同人誌「伊勢湾文学」との出逢いであった。

平成8年頃であったか、それ以前から知友であった某氏から「伊勢湾文学」という誌名の同人誌創刊号・第5号（昭和39年9月・40年8月）の2冊を頂戴した。同誌はなんと、四日市市栄町の聖アンデレセンター内の「伊勢湾文学集団」から発行されたもので、創刊号の同人名簿欄には懐かしい名前が見られる。例えば、森賢郎、清水日出子、古川富一、古市仮名子などであるが、宅和義光が創刊号に問題作「彷徨」300枚を載せており、第5号には、その倍弱の枚数の「城砦」を発表している。また第5号の既刊誌紹介欄には「第4号　評論・宅和義光論　瀬田栄之助」が載っているではないか。

瀬田の文学上唯一の弟子・宅和義光の活躍舞台が同人誌「伊勢湾文学」であり、その師瀬田が早くも「宅和義光論」を書いているのは驚きである。後に著名な渋澤龍彦に評される無頼の作家・宅和とは何者？瀬田と宅和との関係は？　などと興味が湧くばかりである。ちなみに第5号には浅井栄泉「随想」が巻頭にあり、瀬田・宅和・浅井の三人の関係が謎めくのであった。

五つ目は、瀬田関連資料・情報収集と言うよりも、瀬田文学情報発信にかかる二、三の事例である。「四日市市史近現代編」の文芸分野執筆中のあるとき、知友であった伊勢新聞社の綿貫記者から「あなたの言われる四日市文芸土壌の深さ、広さについて連載」して欲しいと依頼され、かなりの関連資料を収集していた私は即座に了解した。ところが平成12年秋当時は、他紙に随想を連載中であり、伊勢新聞紙上への新規連載「街道の文学探訪」は、東海道・菰野街道など旧街道沿いの文学事象を四日市中心部を起点に、平成13年1月から毎日曜日に発表することになった。時恰も「東海道宿場・伝馬制度制定400年記念」の年であった。

当初は一年間ほどを予定したのであったが、連載中には読者も増え、資料調査も継続中で関連資料も相当数に上っていたので、気が付けば10年間500回の連載をしていた。その連載の初期、47・48回に「死の淵より眺めた風景――瀬田栄之助『いのちある日に』」「わだつみのこえ、母の声――瀬田万之助」を発表し、後には内容をアレンジして、四日市市制111周年記念出版「四日市の礎　111人のドラマとその横顔」（四日市市文化協会、平成21年）に収録、刊行した。これまで類書が刊行されていなかったこともあって評判となり、市内の書店ではベストセラー第2位にランキングされたほどである。

このほか、機会あるごとに郷土作家瀬田栄之助の存在と意義を語ったのであるが、その内の一つが、公務として作成、配布した「YOKKAICHI文学MAP」（平成14年9月）である。その表面には、顔写真入りで丹羽文雄・田村泰次郎・瀬田栄之助・伊藤桂一・近藤啓太郎・東光敬・杉本幽烏・杉野順二の八人の作家を紹介し、裏面には四日市中心部の文学碑や作品舞台に当たる地点を比定したマップ3000部を発行した。これは瞬く間に捌け、翌年には改訂版増刷を発行するほどに広く市民に迎えられた。ここでは、言うまでもなく瀬田栄之助、そして東光敬の二人を初めて公に紹介したのである。

一方では、地元の印刷物・出版物に瀬田栄之助或いは捕虜収容所のことがどのように紹介されるか非常に興味があり、極力、耳目を鋭敏にしてきたつもりである。その結果漸く目に留まったのが、冊子「てくてく しおはま――史蹟めぐり案内書――」（塩浜地区地域社会づくり推進委員会・塩浜地区社会福祉協議会文化部、平成11年）に紹介された「戦争を語る墓標／石原町／石原産業正門前踏切 南東へ百米」と題する、写真入りの慰霊碑についての記事であった。

それによれば、石原産業正門前の踏切の東南約百米のところの木立に囲まれて、慰霊碑が二基あり、左側の一基が「戦争を語る墓標」で、その左傍らに立つ案内板には「これは第二次大戦中に不幸にもこの地で死去した占領軍兵士の墓標である。私達は平和への熱望の花束でもって彼等の霊魂が永遠に安らかに眠れるようにしよう。」と記されていると、紹介している。慰霊碑に嵌め込まれた石板には実際、和英両文の碑文が刻まれている。上段には日本語、下段には英文でそれぞれ次のように記されている。

人がその仲間のために命を捨てるほど崇高な愛はない。平和と自由のために第二次世界大戦で戦い、かつ死んだ人々に捧ぐ。

Nothing is more sublime than to sacrifice ones own life for the sake of others.
This is dedicated to those who fought and died bravely in the name of peace and freedom during World War Ⅱ.

しかしその起草者等についてその冊子では一切触れてはいない。と言うよりも、これ以上のことは分からなかったのであろう。つまり、瀬田栄之助や翻訳者のことは知りようがなかったのだと思われる。ともあれ実に、これが初めて活字によって塩浜地区民をはじめ広く四日市市民に外国人兵士慰霊碑が紹介された冊子第一号ではある。

ところが残念なことには、この後の冊子「塩浜　町ものがたり（三）」（塩浜地区社会福祉協議会文化部・塩浜地区郷土史研究会、平成17年）や『しおはま80年の変遷――塩浜村の四日市市合併80年史――』（四日市市に合併80周年記念事業実行委員会・編集委員会、平成23年）などに、外国人捕虜収容所や外国人兵士慰霊碑にかかる紹介、記事が見当たらない。編纂方針にそぐわなかったと言えば、それまではあるが。

とにかく、今次大戦で石原の地に捕虜として連れてこられて、労役中に死亡した異国の兵士慰霊のための慰霊碑であるが、戦時中には亡者の国籍、死亡者数などは一切秘密で、戦後になって初めて慰霊碑だけが公になったようだと、伝聞を記す冊子「てくてく　しおはま――史蹟めぐり案内書――」である。

さて、四日市市制１００周年記念大事業の一環として全20巻刊行を完了した中の「四日市市史」には、外国人捕虜収容所や外国人兵士慰霊碑についてどのように記述されているのであろうか。『四日市市史　第19巻　通史編 近代』（四日市市、平成12年）の「軍需工業　石原産業」の項では、

……また労働力については、四四年から朝鮮人労働者（四回にわたって約三〇〇人を雇い入れたが、終戦時には一三三人が残っていた）・捕虜（フィリピンのコレヒドールやシンガポール戦線で捕虜となったアメリカ・イギリス・オランダ・オーストラリアの兵士約六〇〇人が軍部から割り当てられ、石原町北部の収容所に収容されて、軍監視下で作業に従事した。翌年六月空襲を避けるために半数が北陸方面に移され、……

と、「創業三十五年を回顧して」より引用、紹介している程度で、当然、外国人捕虜収容所の実態や外国人兵士慰霊碑などには触れていないのが実状である。

このようにして、戦時中の外国人捕虜収容所や戦後建立された外国人兵士慰霊碑などについては、殆どの市民に知られないまま、長い月日が流れた。

それが近年、突如として動く。新聞紙上に、外国人兵士慰霊碑が紹介されたのである。戦後も65年が経った平成22年、9月16日付の「中日新聞」の見出し「元米兵捕虜涙の献花／戦後初 四日市の石原産業訪れ」の記事に注目した読者も多くいたであろう。それによれば、日本政府に初めて招待された元捕虜の米国人の一人、アール・スワボ氏（89）が妻のメアリーさん（83）と共に、捕虜生活を送った石原

産業四日市工場を戦後初めて訪れ、捕虜の慰霊碑前では涙を浮かべながら献花したという内容で、「亡くなった人がいるのは悲しいが、モニュメントを作ってくれていたのはうれしい。米国の元捕虜の仲間にも伝えたい」「昔のことにとらわれるのではなく、前向きな関係を築きたい」との談話をも伝えている。記事では、外国人兵士らが四日市に「連行」され「強制労働」されたことを言っているが、捕虜収容所や外国人兵士慰霊碑建立の経緯については避けている。避けていると言うよりも、それらにかかる情報を持っていなかったと言った方がいいのであろう。

この「涙の献花」の記事を読んで私は漸く、瀬田栄之助の念願が叶ったのではないかと思わずにはいられなかった。

戦時中に四日市捕虜収容所で半年間ではあるが、通訳をしていた瀬田は、捕虜たちとの交流が、人情が、強く深く記憶に刻まれ、人道主義の立場から彼らの人権を擁護し、職務以外の食料調達や慰安行事などにも心を砕いた。慰安行事の一つが、捕虜たちによるベルリオーズ「幻想交響曲」やシューベルト「野薔薇」などの生演奏であり、恐らくは選曲したと思われる瀬田の思い入れが窺われてならない。つまり何が「幻想」だったのか、なぜ「野薔薇」だったのかを今一度、われわれは考えてみる必要があるように思われるのである。

捕虜たちの解放を願い、彼等の故郷を、彼らの親兄妹に想いを寄せつづけた一通訳者としての瀬田栄之助。瀬田は戦後間もなくから、思い余って、捕虜たちの生態を描かずにはおられなかったようである。まず、「祈りの季節」でデビューした瀬田は次に、「夕刊三重」に「偽りの青春」を発表。同作品は連載（昭和21年11月10日～12月31日の全24回）で、そこには捕虜収容所での体験が投影されており、この後の作品にも度々、捕虜や捕虜収容所のことが描かれることとなる。

「偽りの青春」を発表して7年後には雑誌「話題」№１１５・１１６号（大阪・話題社、昭和28年11・12月）に「日本にあった外国人捕虜収容所――通訳の手記――」（正式には、「日本にあった外国人捕虜収容所――通訳の手記――」と「内地に於ける俘虜収容所の実態　続」）を筆名須上俊介で発表。更には、先を展望したかのように、捕虜収容所から解放された元黒人兵士フェルナンドが故国アメリカのアラバマ州から久し振りに四日市へ須上俊介を訪れる内容の「犠牲者たち」を同人誌「近代文学」昭和34年7・8月号に発表して後に、瀬田唯一の作品集『いのちある日に』（講談社、昭和45年）に収録する。

なお、現時点では発表誌は不明（或いは「犠牲者たち」の元原稿か）であるものの「黒い人フェルナンド」（原稿用紙３３４枚）・「黒い人フェルナンド　二部」（原稿用紙１５５枚）を脱稿していることを昭和32・33年の「日記」に書いたりしていることから、特に元黒人兵が戦後、捕虜収容所から故国に復員した後の生活態度・行動には異常なほどの関心を持っていたことが容易に推察できるのである。

## 瀬田万之助との出逢いも偶然

一方、瀬田栄之助の実弟、瀬田万之助についての情報も若干ながら収集してきてはいた。というよりも、これもまた偶然に集まってきたのである。

瀬田栄之助は三人の姉と弟万之助の五人兄弟であったが、長姉は結婚後、一女和歌子を遺して病没と聞いている。

万之助はいわゆる、今次大戦末期の学徒出陣で知られた、当時東京外国語学校（現東京外国語大学）在学中の俊才で、フィリピンのルソン島付近で戦病死している。戦後間もなく出版された『きけ　わだつみのこえ　日本戦没学生の手記』に万之助の「両親への手紙（遺書）」が収録されているので知っている人もいるであろう。

私も大学生時代から、古書店で入手した東大協同出版組合出版部より昭和24年に出版されたそれを読み、所蔵している。以来、戦争従事者の、特に若い世代の兵士たちの心情に秘かに心を寄せており、同タイトルの他の出版社の書をかなり収集してきた。

特に四日市出身の、『きけ　わだつみのこえ』の一人、瀬田万之助の戦地における生きざまや死に対峙する姿勢には一入関心を抱いており、万之助関連資料を『きけ　わだつみのこえ』以外に求めていたのであるが、万之助自身は社会人として活躍していたわけでもなく、それは非常に困難であった。

社会人になって直ぐ私は、岩波文庫版『きけ　わだつみのこえ』にも親しんでいたのであるが、平成7年になって岩波文庫版の『新版　きけ　わだつみのこえ』が出版されることを同社の社告で知った。私は早速、書店で購入し、即座に「瀬田万之助」のページを確認し、眼を疑ったのである。

「戦後五十年を機にあらためて原点にたちかえって見直し、新しい世代に読みつがれてゆく決定版として刊行」されたそれは、旧版とは内容が異なっていたからである。「万之助の両親への手紙」に関して正確に言えば、旧版になかった文章、つまり、人種差別にかかる表現部分が活字化されていたのである。旧版はGHQの検閲が入ったままか、或いは自己検閲によってカットされたままで印刷されていたのかは不明であるが、とにかく瀬田万之助の最期の言葉が戦後50年にして甦ったような気がしてならなかった。それは新鮮な出来事でもあった。

これにつづき、地元の文学事象調査に出掛けている最中、特に近年になって偶然にも、三つのことに遭遇することになった。

一つは、市立図書館の地域資料コーナーに、いわゆる自分史としてまとめた、出版一年後の館守信『あゆみつづけて』（私家版、平成12年）を見つけ、その中に瀬田万之助について記した一文があることを発見したのである。著者は羽津の志氏《しで》神社の宮司を務められ、旧制富田中学校では瀬田万之助と同級生で、共にバスケットボール部で活躍しておられたといい、写真まで併載されているではないか。私は直ぐ、電話帳で調べて館氏に連絡し、『あゆみつづけて』を送っていただいた。

そこに載っていたのは、旧制富中三年生のときの「同級バスケットボール部員」として、前列左から館守信・瀬田万之助・篠原某、後列左から伊藤某・稲葉某・訓覇某の6人が並び、瀬田はボールを抱えている集合写真である。著者の館氏は、三年生のときには水谷・杉野・清水・福島・瀬田らのチームは三重県大会で優勝したと回想している。写真での瀬田万之助に初めて出逢い、『あゆみつづけて』は私の蔵書の一冊になったのであった。

更に、この後暫くして、事前に連絡を取ってあった室山町の郷土史家で『萬里の糸——伊藤小左衛門の生涯――』（私家版、平成9年）の著者、田中増治郎氏宅の応接間で歌人の佐々木弘綱[注16]や鈴木小舟[注17]の当地での足跡について談話後、偶然にも瀬田栄之助、万之助兄弟について話を持ち出したところ、「確か、私の知り合い、楠在住のその知り合いが万之助の友人であったとか……」と伺った。その知り合いに万之助にかかる資料の有無を何でもよいから尋ねてほしいと依頼。

翌週田中家を訪ねると「ほれ、こんな写真を借りておきましたよ」と、瀬田万之助肖像を拝借することができた。旧制富中卒業時の写真であろうか、瀬田万之助の実像が私の掌に伝わってきた。純情で聡明そうな風貌の瀬田万之助の写真を直ぐコピーして、私の資料アルバムに貼ったのは言うまでもない。

これ以降、瀬田万之助を紹介するときにはいつも、この写真を活用させていただいている。

ちなみに崇顕寺を継ぐ予定で帰郷していた丹羽文雄が若い頃、「この部屋でお見合いをする」予定であった、とも田中家の応接間で聞き、文学の織りなす不思議な縁を感じたのであった。

縁とは誠に不思議なものである。点（天）とも言うべき縁が縁を呼び、数珠つなぎになって、面化して来るからである。

三つ目は、これも文学事象調査中のこと、桜町の山中家を訪問して、瀬田万之助の話に及んだところ、山中夫人が「遺書の中の、和歌子ちゃんとは、私のことです……。万ちゃんにとって姪にあたります。万ちゃんにはいつも可愛がってもらいました……。毎年夏に東京で催される日本戦没学生慰霊祭には出席していたけれど、政治色や政党色が前面に出てきて二団体に別れてからは、参加を見送っています」とのことであった。「政治的に利用され、死に至らしめられた学徒の無念さを想うといたたまれないのです」とも言われた。山中夫人の、純粋に「霊を悼む」ことを望む心情が察せられた。ちなみに父君の山中康平氏は、私の母校市立大池中学校で教員として勤務しておられ、当時は生徒たちの健全育成、非行防止に尽力されていたのであった。

そして、四つ目であるが、これは新聞記事との出逢いである。平成27年の夏、しかも8月15日付『朝日新聞』朝刊の「天声人語」のコピーを、顕彰事業委員会8月例会の開始直前に、会員の服部氏が全員に配ったのである。

その冒頭は「どうして戦うのか。思い悩む胸の内を記した手紙がある。終戦の年の3月、一人の少尉がフィリピン・ルソン島から日本の父母にあてた」ではじまる文章の主人公・瀬田万之助と、同じくルソン島で戦死した、伊勢市出身の詩人で青年兵士の竹内浩三について紹介し、「巧みに厚化粧した戦後70年の首相談話」の意味を問うているのである。

この筆者は、万之助については光文社刊の『きけ　わだつみのこえ』から引用しており、岩波文庫新版のことは知らないようであるが、戦争嫌悪の二人を紹介した「天声人語」と言える。

以上のような出逢いから、私の瀬田栄之助像、万之助像は現実味を帯びだし、来るべき時に備えられたのであった。

## 来るべき時に向けて

その来るべき時とは、３ヵ年に亘る「瀬田栄之助顕彰」のための事業化である。

現在まで私は「四日市地域ゆかりの『郷土作家』顕彰事業委員会」の会長を務めているが、発足当初（平成14年４月に発足した「郷土作家顕彰会」を、平成21年２月に現名称に改称）より毎年、種々の顕彰事業に取り組んでいる。平成27年度には、戦後70年の節目の年に当たることから、朗読劇「戦争と文学・四日市」を第65回四日市市民芸術文化祭行事の一環として実施することにした。

毎年８月15日の終戦記念日前後には必ずと言っていいほど、各新聞をはじめマスコミ関係では「戦争にかかる記録、記憶」「戦争遺跡」などが発信、報道されるが、文学に関しても同様である。しかし四日市において、戦争にかかる文学事象が果たしてこれまで取り上げられてきたことがあったかと常に思っていた私はこの機会にと、これまで郷土文学資料を収集してきたその成果をまとめる意味でも、朗読劇「戦争と文学・四日市」を企画し、少なからず期待を込めてその内容に工夫を凝らしたつもりである。

その朗読作品は、伊藤桂一「帰郷」抄、平田佐矩短歌「木枯」抄、村田青麦句集『黄塵』抄、阿部十三歌集『断層』抄、中村徳之助詠草「戦災受難の歌」抄、瀬田栄之助「祈りの季節」「娼婦ＡＢＣ」「別れ霜」抄、瀬田万之助「両親への手紙」全、加藤静枝詠草「生かされて　六十首」抄、辺見じゅん『男たちの大和』抄といったように、全てが四日市出身、或いは四日市ゆかりの作家たちの作品で、四日市文芸の、特に戦争文学分野の層の厚さ、深さを広く市民に知ってもらおうと盛りだくさん過ぎた感は否めない。

平成27年8月8日、午前午後の2回にわたって実施した、朗読劇「戦争と文学・四日市」は、他の催事と重なったこともあったが、そこそこの客入りがあり、また瀬田栄之助の愛娘・森本由美子さんと、瀬田万之助「両親への手紙」に登場する和歌子ちゃんこと、山中和歌子さんも駆けつけて下さり、私自身は非常に感激したのであった。森本由美子さんとは初対面であり、山中和歌子さんとは久し振りであった。

上演終了後急きょ登壇してもらって涙ながらに謝辞を述べられる森本由美子さんの姿に胸を熱くした私は、ある決意をした。それは翌年、つまり平成28年が瀬田栄之助生誕100年に当たるからでもあった。平成28年度の、「四日市地域ゆかりの『郷土作家』顕彰事業委員会」の事業をどうするかということで、検討を重ねた結果、瀬田栄之助ファンを少しでも増やそう、そのために瀬田作品を読み込もうということになり、第66回四日市市民芸術文化祭行事「公開読書会――瀬田栄之助を読む、聴く」を開催することにした。「公開」であるから、一般市民にも参加を呼びかけ、われわれ会員7人と共に同じテキストを読み、読後感想、意見交換をして、瀬田栄之助をより認識するのである。テキストは実際に入手は不可能で、私蔵の瀬田栄之助『いのちある日に』のコピーをテキストにすることとし、事前に参加希望者を募ったところ、私自身としては数名も集まればよいだろうと思っていたが、中込締切日には、10人を超えるほどで一安心。

コピーのテキストをテーマ別に4回に分け、耳で、身体で瀬田文学を感得してもらおうとの思いから、各回には助言者或いは朗読者を招いたのである。更に、瀬田栄之助生誕１００年を機に、「瀬田の一生或いは半生」について短篇小説か戯曲を当年度中に公募し、平成29年度に向けようと目論んだのである。ところが、３ヵ月おきに年４回の「公開読書会」を進めていくと、参加者からは作品の内容が「暗すぎる」「重たすぎる」「読む気がしない」などと否定的な感想が出されたり、読み込み不足があったりで、私の想いは風前の灯に等しくなった。

しかし、途中から参加された元大学教授の某氏が、丹羽文雄、田村泰次郎よりも瀬田文学に深い関心を示されると共に、拙宅にまでメールで「四日市公害」を戯曲化した作家、作品などの有無について問い合わせが寄せられたのである。

自らの体験などを余り語る機会のない私であるが、実は大学一年生のとき、ひょんなことから英語劇の主役に抜擢され、年末の英語劇大会では私が主人公役を務めた舞台が2位に入賞した経験があり、それ以来、演劇を観ること、読むことには興味を持っている。ちなみに卒業論文もイギリスの不条理演劇作家のハロルド・ピンター[注18]を取り上げたのであった。

ちなみに、ピンター氏は当時、若手の劇作家であったが後年にはノーベル文学賞を受賞しているので、御存知の方もおられるであろう。

さらには、やや趣旨が異なるが、平成13年、「東海道宿場・伝馬制度制定４００周年」の年が始まって早々、著名なミュージシャンの中村ヨシミツ氏より、「４００周年記念に相応しい音舞台を四日市で演《や》りたい。シナリオ、挿入歌を早急に創ってほしい」との強い依頼が飛び込んだのである。「秋か秋過ぎには演奏したいので、4月末までに出来次第順次、東京まで送ってほしい」とのことで、週末や夜間にはあたふたして仕上げた記憶がある。

俄かづくりの苦心作「新々東海道中伊勢栗毛」がそれで、著名な舞台監督や役者、歌手などのお蔭で結構好評であり、再演が希望されたほどであった。

『東海道中膝栗毛』にあやかったこのシナリオには弥次さん、喜多さん役を登場させて、道中にかかる風俗風習や郷土食、銘菓などを語らせたり、歌手には拙作の童謡、艶歌、シャンソン等を歌ってもらうといった内容であった。

このときには既に、四日市公害にかかる文学関係資料も少なからず収集していたので、問い合わせのあった某氏には、門土社総合出版の高校演劇叢書に入っている『奈良和男脚本集』(昭和61年)、『大野章・依馬里英脚本集』(昭和58年)の2冊それぞれの著者でともに高校教師の奈良氏・大野氏が、四日市公害に正面から取り組んでいることを紹介したのであった。

某氏はそのとき、四日市公害を描いた自らの原作「四日市ラプソディー」をミュージカル化した舞台づくり、練習に取り組んでいる最中で、上演終了後に大野氏・奈良氏本を読みたいと言われた。

平成28年も11月が終わり師走となって早や、12月6日には大津市の義仲寺で催された「伊藤桂一先生お別れ会」に弔辞奉読役を担って参加。戦後は「戦争語り部」として戦記文学をはじめ詩歌・時代小説などと幅広く活躍されてこられた伊藤桂一氏を顕彰する会の会長を私が務めているからである。

大任を終えホッとした私は翌日7日付「中日新聞」の「中日春秋」を読んで、眼を疑った。私の心は躍った。

そこには、当時青年将校であったドナルド・キーン氏が今次大戦の勃発時の「真珠湾攻撃」で捕虜となった日本兵士らに、収容所でベートーベンの「エロイカ・シンフォニー」をレコードで聴かせて慰撫したと紹介されていた。瀬田栄之助が四日市の収容所で捕虜たちにベルリオーズの「幻想交響曲」を生演奏させて、演奏者はじめほかの捕虜たちを慰撫したことと全く同じではないか。いや四日市の方が「捕虜たちによる生演奏」であり「アンコール」にも応えるほどで、もっとリアルなものではないか。ベートーベンのレコード鑑賞とベルリオーズの生演奏の差は、歴然としているではないか。

この違いを市民に、世に知らしめるべき時だと思わずにはいられなかった。「公開読書会」参加者はじめ、市民からの作品公募を断念することは、瀬田関連資料を閲覧できる機関が三重県立図書館に限られていること、また執筆、応募期間が短いことなどから、断念せざるを得ないと判断した私は止むを得ず自ら、朗読劇「人道作家・瀬田栄之助の半生」のシナリオを書き上げることにしたのである。舞台上で四日市公害に取り組む元大学教授某氏の姿勢に、強く押されたことは言うまでもない。

退職して余暇が増えたとはいえ農事、認知症の老婆、孫三児を抱える私には雑事も多く、執筆中には龍谷大学の龍谷ミュージアムの学芸員から、私蔵の「東光敬資料」の問い合わせ、訪問調査なども飛び入りしたり、近年特に眼を悪くしていたりで、やはり負担の大きい仕事ではあった。

しかし、ようやくここに、朗読劇「人道作家・瀬田栄之助の半生」の構成を仕上げることができた。雑事に追われながらも、6月初旬までには脱稿したいと宣言していたその折、5月26日付「中日新聞」

のCulture欄を読むや否や私は狂喜し、暫くして大いに力を得た。早速その著書を発注するとともに、一応完了している原稿を読み返さずにはいられなかった。

新聞記事には「幻の短編収め出版」と題して、かつて愛知県鳴海町にあった捕虜収容所について書いた城山三郎氏の幻の短編「捕虜の居た駅」と、それを材にした学校教師、馬場豊氏の戯曲「捕虜のいた町」が紹介されていたからである。私にとっては偶然にして、必然的な飛び入り記事であったといってよい。

6月初旬、入手した馬場豊氏の『戯曲 捕虜のいた町――城山三郎に捧ぐ――』(中日新聞社)を読み、またもや、城山三郎氏と瀬田栄之助とが描く「捕虜収容所」には大きな差違があるのは明白となった。

つまり、城山氏の場合には、捕虜収容所から出てきた捕虜たちが駅頭で乱暴に扱われる様子を見掛けただけである。それに対して瀬田の場合は、捕虜同士のトラブル解決のための査問会に出席したり、市中へ食糧品買い出しに捕虜たちを同伴したりと、収容所内外での出来事を伝えているのであり、生々しくて具体的である。

ただし、城山作品では主人公「ぼく」は中学生で、毎朝駅で改札に立つ少女に恋心を抱くといった内容であり、瀬田作品「一通訳の手記」の主人公「私」須上俊介=瀬田栄之助は大学卒の大人であるため、視点や関心の描き方に違いがあることは認めなければならないであろう。

これらを初稿のシナリオ中の、瀬田栄之助の語りに活用しようと、部分的に筆を加えたのであった。そして、漸く仕上がったのが本稿の「人道作家・瀬田栄之助の半生」である。

思い返せば、瀬田の遺著『いのちある日に』を書店の店頭で見掛けてからやがて半世紀。偶然、未知の瀬田栄之助・万之助に出逢って彼らの実像を追い求めながらの、実に長年月を要した旅であった。拙いシナリオではあるが、これに基づいて現在、練習中であり、11月12日の本番では、観客には、「語り」を縦軸に、「朗読」を横軸にして織り成す「瀬田ワールド」にいくらかでも浸っていただき、「人道作家・瀬田栄之助の半生」の意義を感得していただければ幸いである。

## あとがき

この度、朗読劇のシナリオとともに本書に収録した「瀬田栄之助・万之助の実像を追って」を執筆中に、またしても心強い、著作や新聞記事に出会うことができたことは非常に幸運であり、不思議でもありました。

まず、著作というよりも資料集との出逢いですが、友人から借用した茶園義男『大日本帝国内地俘虜収容所』（BC級戦犯関係資料集成⑥、不二出版株式会社、平成5年）との出逢いがありました。その初版は昭和61年で、当時すでに「終戦時内地俘虜収容所位置及び収容人員表」を収載しているからです。

そこには「太平洋戦争下日本内地俘収茶園調査表」と題した一覧表が収容所開設ごとにまとめられていて、鳴海の収容所は名古屋の分所となっています。名古屋は、名古屋・分所（11）として11分所（昭和20年4月開設）の所在地・収容人員が記されていますので、愛知・岐阜・三重三県下の状況も併わせて次に転載しておきます。

| | | |
|---|---|---|
| 本　所 | 愛知県名古屋市栄区南外堀町 | 0人 |
| 第一分所 | 岐阜県吉成郡阿曽布村 | 594人 |
| 第二分所 | 愛知県愛知郡鳴海町 | 273人 |
| 第三分所 | 岐阜県吉成郡船津村 | 318人 |

第四分所　三重県南牟婁郡入鹿村　　　　　２８４人
第五分所　三重県四日市市石原町　　　　　２９６人

これでお分かりのように、昭和60年時点で既に、各収容所の所在地・収容人数が一般書によって公表されていることが判明します。但し、この資料集は戦時・戦争研究家向けの内容で、一般の人向けではないように思われます。しかし、四日市市石原町に俘虜収容所があり、約３００人が収容されていたことは記録が語っています。瀬田栄之助の言う「約６００人」と茶園調査の「約３００人」の差異はありますが、恐らくは昭和20年以前の三重県での分所は四日市の１カ所で約６００人が収容されていたものがその後の戦局悪化により労働力不足となってそれを補充する意味で、入鹿村の「紀州作業所」班（２８４人＝全員がイギリス人）と「石原産業の四日市工場」班（２９６人＝アメリカ人１９６人、イギリス人25人、オランダ人75人）に分けられ配属された結果、茶園本の「昭和20年4月開設」の「名古屋本所・分所」になったのでしょう。

そのような当時の捕虜たちの実情に想いを馳せているとき、またしても偶然に、「中日新聞」三重版の連載記事「ＩＲＵＫＡ収容所の記憶」（平成29年8月16日～19日）に遭遇したのです。見出しを列記すれば、「空腹、病死、絶望の英兵」「亡き家族　重ねて弔い」「心の闇　晴らした墓参」「負の遺産　平和へ継承」と、当時入鹿村で落命したイギリス青年兵士16人の墓地の写真などと、現存する当地の関係者の記憶を紹介しながら、現在までの国際交流活動を通して戦争の意義を問い直した内容です。正しく、瀬田栄之助が書いた、求めた、その方法・方向ではありませんか。

直近のこれらとの出会いによって私の想いも更に、高まるのでした。

このようなことは四日市でも行うことができる、しかもそれによって、クラシック音楽分野の国際交流もこれまで以上の展開が大いに可能だと思い、樹林舎の山田恭幹社長のご理解、ご支援を得て、本書の出版に踏み切った次第です。

ここに至るまでには、実に長い年月がかかり、今は亡き方々をはじめ多くの方々、関係機関のご協力をいただいたからこそだと、感謝申し上げます。特に瀬田栄之助氏のご令嬢である森本由美子様、三重県立図書館地域資料室の担当者様には格別のご理解、ご配慮をいただきましたことに心より御礼申し上げます。更には、公私ともにご多忙にもかかわらず、序文を寄せて下さった衣斐弘行氏に厚く御礼申し上げます。

本書をもって、「北條民雄[注19]の『癩』小説のように永久に光芒を放って世の人に読み継がれ落涙させる」と中井正義[注20]氏に評された『いのちある日に』の著者である郷土作家瀬田栄之助の記憶を、記録を、そして叡智を皆さんと共に次代に継承していく時期だと考える第一歩にしたいと思います。

平成29年10月25日

志水雅明

## ――主な人物注――

注1　丹羽文雄（1904〜2005）
三重県四日市市の浄土真宗崇顕寺の生まれ。幼児期に生母と離別。早稲田大学文学部国文科に入学。同人誌「街」に処女作「秋」を発表し、昭和7年「文藝春秋」に「鮎」を発表して文壇デビューして以降、旺盛な筆力で流行作家となる。芥川賞選考委員、日本文藝家協会会長、文化勲章受章、後進育成のための雑誌「文学者」終刊にあたり菊池寛賞受賞。著書に『蛇と鳩』『蓮如』（共に野間文芸賞受賞）、『親鸞』、『日々の背信』、『一路』（読売文学賞受賞）など多数。

注2　田村泰次郎（1911〜83）
明治44年三重県四日市市の生まれ。早稲田大学文学部仏蘭西文学専攻卒。大学在学中より、ジョイス、ヴァレリーなどの知性派文学について批評を発表。昭和15年応召、一兵卒として北中国を転戦し、昭和21年復員。復員直後、「肉体の悪魔」を皮切りに多くの戦争文学を発表し、翌昭和22年の「肉体の門」で肉体文学作家として一躍、流行作家となり、晩年は画廊も経営。著書は『春婦伝』『獣の日』『戦場の顔』『蝗』など多数。

注3　ガルシア・ロルカ（1898〜1936）
フェデリーコ・デル・サグラード・コラソン・デ・ガルシーア・ロルカはスペイン南部のグラナダ近傍の村の生まれ。少年時から詩と音楽を愛し、グラナダ大学で哲学、文学、法律を学ぶ。1931年大学生の劇団を組織し農村を巡り、この頃から劇作に専念。スペイン内乱勃発の数日後、ファシストのファランへ党員に射殺される。主な詩集に『ジプシー歌集』『ニューヨークにおける詩』、戯曲として『ベルナルダ・アルバの家』『血の婚礼』など多数。

注4　伊藤桂一（1917〜2016）
大正6年三重県生まれ。生家は天台宗高角山大日寺。旧制世田谷中学校卒業後、働きながら詩、小説を投稿。昭和13年現役入隊、除隊期間をはさんで6年10カ月、中国で軍務につく。復員後も貧窮の中で投稿生活をつづけ、昭和37年『螢の河』で直木賞受賞。この後も兵士の人間性に光を当てる独自の戦記小説を書きつづけ、昭和59年『静かなノモンハン』で芸術選奨文部大臣賞、吉川英治文学賞受賞。平成19年詩集『ある年の年頭の所感』で三好達治賞受賞。戦記小説のほか、時代小説、私小説、児童文学、歌集・俳句集など著書多数。

注5　近藤啓太郎（1920〜2002）
大正9年三重県四日市市生まれ。東京美術学校（現東京芸大）日本画科卒業後、千葉県鴨川中学校の図画の教師として昭和32年まで勤務。その間、第二次「文学者」同人に参加。昭和25年同誌に発表の「飛魚」が芥川賞候補。昭和31年「文学界」に発表の「海人舟」で芥川賞受賞。著書に『海人舟』『海』『鯨女』『大観伝』『奥村土牛』『微笑』『白閃光』など多数。

注6　ドナルド・キーン（1922〜）
アメリカのニューヨーク生まれ。日本文学研究者、文芸評論家。コロンビア大学に学ぶ。米海軍日本語学校で学んだのち情報仕官として海軍に属し、太平洋戦争で日本語の通訳を務めた。戦後、ケンブリッジ大学、京都大学に留学。1955年からコロンビア大学助教授、教授を経て、同大学名誉教授。2008年文化勲章受章。2011年日本国籍取得。『日本文学史』『明治天皇』『渡辺崋山』『百代の過客』など著書多数。

注7　城山三郎（1927〜2007）
昭和2年愛知県名古屋市の生まれ。海軍特別幹部練習生として終戦を迎える。一橋大学卒業後、愛知学芸大学に奉職。昭和32年『輸出』で文学界新人賞を、翌年『総会屋錦城』で直木賞を受賞し、経済小説の開拓者となる。吉川英治賞・毎日出版文化賞受賞の『落日燃ゆ』のほか、『男子の本懐』『官僚たちの夏』『もう　きみには頼まない』『指揮官たちの特攻』など、作品群は多彩。平成14年経済小説の分野を確立した業績で朝日賞受賞。

注8　深沢七郎（1914〜87）
大正3年山形県生まれ。昭和6年山形県立旧制中学校卒業後、上京し、職業を転々とする。昭和14年以降、ギター・リサイタルをしばしば開催。昭和31年「楢山節考」で中央公論新人賞受賞し、文壇にデビュー。昭和35年発表した「風流夢譚」が右翼少年による「嶋中事件」を引き起こし、一時放浪生活に入る。昭和40年埼玉県で牧場を開き、さらに6年後には東京で今川焼屋を開くなど、異色の作家として知られた。昭和56年「みちのくの人形たち」で谷崎潤一郎賞受賞。ほかの作品に『千秋楽』『甲州子守唄』『庶民列伝』など多数。

注9　埴谷雄隆（1909〜97）
明治42年台湾の新竹の生まれ。大正12年東京に移転し、日本大学に入学するが中退。昭和16年日本共産党に入党し、逮捕を遁れて地下生活に入るが、翌年逮捕される。独房で読んだカント、ドストエフスキーに終生影響される。昭和21年本多秋五・小田切秀雄らと同人雑誌「近代文学」を創刊し、畢生の大作『死霊』を連載。昭和45年『闇の中の黒い馬』で谷崎潤一郎賞受賞、51年『死霊』全五章で日本文学大賞受賞、平成2年これまでの業績により藤村記念歴賞受賞。

注10　清水　信（1920〜2017）
大正9年長野県の居稀。明治大学文芸科卒後、外務省事務官として中国・北京の日本大使館に勤務。中薗英助らと文芸同人誌「燕京文学」を創刊し、最初の評論集『日曜手帳』を出版。戦後は鈴鹿市で中学校の国語教師を務める傍ら、1949年同人誌「北斗」を創刊主宰。後に中部ペンクラブ顧問、三重文学協会会長などを勤め、全国同人雑誌センターを主宰し、斎藤緑雨賞の設立に尽力。昭和37年「現代作家論——当世文人気質」で第3回近代文学賞受賞。平成19年第60回中日文化賞受賞、平成20年度三重県県民功労者賞受賞。

注11　浅井栄泉（1932～94）
昭和7年三重県生まれ。早稲田大学文学部卒業後、東京産経会館勤務。昭和44年～59年朝日新聞中部版の文芸欄担当。昭和46年の『パパは王様』で太宰治賞候補。昭和48年三重県文化奨励賞受賞。昭和52年朝日文化センター「小説の書き方」教室講師。昭和61年～平成6年中部ペンクラブ会長、文芸シャトル主宰。平成6年『浅井栄泉旧作集　サフランの夏』刊、平成17年『悲しきピシアス』刊。

注12　宅和義光（1933～？）
昭和8年鳥取県米子市生まれ。終戦後、遊侠の群れに投じ諸国を放浪。昭和33年米子市にテキヤ国頭を襲名。昭和39年合名会社「観光開発」創立。同人誌「伊勢湾文学」編集兼発行人。著書に『むちゃくちゃ人生　獄中の手記』『したい放題　暴力団首領の彷徨手記』など。

注13　小野十三郎（1903～96）
大阪府の生まれ。中学校卒業後、上京して一時は東洋大学に在学。中学4年ころから詩作を開始し、萩原恭次郎、坪井繁治らの影響によって新しい方向を開いた。昭和18年の『風景詩抄』で独自の詩風をゆるぎないものとした。戦後秋山清、金子光晴らと『コスモス』創刊。また「大阪文学学校」を創設し校長に就任。詩集『枇杷の木』で読売文学賞受賞。日本現代詩人会会長も務めた。詩集には第1詩集の他評論集、入門書もあり、昭和以降の現代詩に批評的骨格をあたえた詩人として重要な位置を占めた。

注14　石垣りん（1920～2004）
東京赤坂の生まれ。高等小学校卒後の14歳から日本興業銀行に就職し、幼い弟妹らの多い家庭を支えた。18歳頃から投稿雑誌に詩を発表し、女性だけの詩誌「断層」を創刊。以降、同誌や他誌に多くの詩、詩文を発表し、昭和44年には詩集『表札など』でH死傷受賞。翌年、東海テレビ制作ドキュメンタリー「あやまち―一九七〇年夏・四日市」に詩を発表。昭和47年詩集『石垣りん詩集』で田村俊子賞受賞。昭和54年詩集『略歴』で第4回地球賞受賞。その他、詩集、散文集など。

注15　黛　元男（1929～）
三重県の生まれ。清水海軍航空隊に入隊するも終戦となり除。昭和21年三重農林専門学校農産製造科に入学。詩誌「三重詩人」会員となり翌年同人に。昭和39年暁学園高等学校に勤務する傍ら、三重詩話会より詩集『ぼくらの地方』『沖縄の貝』『小さな噴水』を刊行して平成6年退職。その後も詩集『骨の来歴』『地鳴り』の他、『錦米次郎全詩集』刊行会代表となり平成10年に発汗。日本現代詩人会、新日本文学会、中日詩人会、三重県詩人クラブに所属。

注16　佐々木弘綱（1828〜91）
伊勢国鈴鹿（現三重県鈴鹿市）の石薬師の生まれ。代々国学の家で、足代弘訓に学ぶ。明治15年子の信綱を他もない上京し、東大、東京高等師範学校で教えた。歌道、学問普及に尽力し、多くの著述編著がある。『日本歌学全書』一二巻は初めて『万葉集』『八代集』などを活字化したもの。その他『詠歌自在』『開化新題和歌梯』『長歌改良論』など明治歌壇の新旧交代期に重要な役割を果たした。

注17　鈴木小舟（1857〜1923）
菰野藩士鈴木大三郎弘覚の長女としての生まれた小舟は、父が諸国放浪のため、母、弟と共に室山の伊藤小左衛門宅に奇遇。明治維新以降は、横浜の父宅に合流するが、17歳で元長州藩士で神奈川県警察の警部安野美範と結婚するが死別する。その後横浜のブライアン女学校の家事教授を務める傍ら英語を学ぶが、胸を患い菰野へ帰郷。湯の山温泉で療養中に、来遊の名古屋の歌人林陸夫の指導を得て歌道に精励し、旧作の一首がもとで明治33年5月「御歌道御用皇后宮職御雇」の御命をうけ、民間人として初めて宮廷歌人となった。

注18　ハロルド・ピンター（1930〜2008）
ロンドンの生まれ。俳優としてスタートし、1957年処女戯曲「部屋」で演劇作家に転身。その後「管理人」で注目を浴び、「帰郷」で地位を確立。追い詰められた人間をめぐる不条理を、恐怖とユーモアのうちに描く独特の作風は「ピンタレスク」と呼ばれた。初期の心理的リアリズムを指向する作風から、「風景」などの詩的な作風を経て、とりわけ「景気づけに一杯」以降は政治色の強い作品を次々と発表。ラジオ・テレビドラマ、映画の世界でも活躍し、人権活動家としても著名で、反戦活動を展開した。2005年ノーベル文学賞受賞。

注19　北條民雄（1914〜37）
大正3年陸軍経理部の父の任地、朝鮮京城の生まれ。両親の郷里、徳島県那賀郡で育つ。高等小学校卒後、14歳で上京し、働きながら法政中学校夜間部などで学ぶ。18歳でハンセン病（癩病）発病の診断を受け、数か月前に結婚していたが破婚となり、東京府北多摩郡の全生病院で療養生活に入る。入院中の20歳、小説「間木老人」が川端康成の高評と激励を受ける。21歳「いのちの初夜」が文學界賞を受賞、芥川賞候補に。「癩院受胎」「望郷歌」など次々と発表するが、結核を患い23歳で病没。

注20　中井正義（1926〜2005）
大正15年三重県の生まれ。陸軍士官学校を経て昭和21年三重農林専門学校卒。公立小中学校教員を40年間つづけ、昭和52年退職。以降は農業に従事。短歌雑誌『国民文学』同人、日本農民文学会員、同人雑誌「文宴」主宰。歌集には『麦の歴史』『白塚村』『春の草』などがあり、評論集は『戦後農民文学論』『梅崎春生論』『働くものの短歌』『現代短歌論考』『大岡昌平ノート』などのほか、『非行に学ぶ現場―教師の体験から―』。

## 著者略歴

志水 雅明（しみず・まさあき　本名：清水正明）

四日市市生まれ。三重県立四日市高校・愛知県立大学文学部英文学科卒。

［賞歴］四日市文芸賞、ＲＭ文学賞、三重県文化奨励賞など受賞ほか、地域文化功労者表彰（文部科学大臣表彰）

［著書］『発掘　街道の文学』一〜三集（伊勢新聞社）、『夭折の月光詩人　東光敬――生涯と作品』『不撓不屈の俳人　天春静堂』『泗水俳諧の雄　片岡白華・安垣相泉』（以上、志水舎）、『四日市の礎 111 人のドラマとその横顔』『みんなの民話 片目の龍と清太の村』（以上、四日市市文化協会）、『四日市市史』『菰野町史』『多度町史』『楠町史』の文学編担当執筆ほか、監修として『写真アルバム　四日市の昭和』（樹林舎）など多数。

［作詞］「桑名市立光陵中学校校歌」（平吉毅州作曲）、「愛郷歌」（石原立教作曲）、「伝説・天地の詩」（中村ヨシミツ作曲）、「あがた讃歌」（佐藤理恵子作曲）など。

［現在］日本文藝家協会会員、四日市・伊藤桂一顕彰委員会会長、四日市地域ゆかりの「郷土作家」顕彰事業委員会会長、中日文化センター「小説家入門教室」講師ほか。

**戦場のファンタスティック シンフォニー**

**―人道作家・瀬田栄之助の半生―**

**2017年12月1日　初版1刷発行**

著　　者　志水雅明

編集制作　樹林舎

〒468-0052　名古屋市天白区井口1-1504-102
TEL:052-801-3144　FAX:052-801-3148
http://www.jurinsha.com/

発 行 所　株式会社人間社

〒464-0850　名古屋市千種区今池1-6-13　今池スタービル2F
TEL:052-731-2121　FAX:052-731-2122
http://www.ningensha.com/

印刷製本　モリモト印刷株式会社


ISBN978-4-908627-26-2 C0036
＊定価はカバーに表示してあります。
＊乱丁・落丁本はお取り替えいたします。